8 Anos

PONTE de VERSOS

Ibis Libris
Rio de Janeiro
2008

Editores: *Thereza Christina Rocque da Motta e João José de Melo Franco*
Fotos dos autores: *Eloísa Batelli*

1a. edição em novembro de 2008.

CIP-Brasil. Catalogação na Fonte.
Sindicato Nacional dos Editores de Livros, RJ

P857

Ponte de Versos: 8 anos. Organização e apresentação de Thereza Christina Rocque da Motta e João José de Melo Franco. Rio de Janeiro : Ibis Libris, 2008.
272 p., 23cm.

ISBN 978-85-89126-99-1

1. Antologias (Poesia brasileira). 2. Escritores brasileiros. I Motta, Thereza Christina Rocque da, 1957-. II. Franco, João José de Melo, 1956-. III. Título.

Impresso no Brasil.
2008

Ibis Libris
Rua Almirante Alexandrino, 2746-A
20241-263 Rio de Janeiro – RJ
Tel. (21) 2556-0253

www.ibislibris.com.br
ibislibris@ibislibris.com.br

Associada à Libre
www.libre.org.br

APRESENTAÇÃO

Após criarem uma reunião espontânea de poetas, na antiga Livraria Ponte de Tábuas, na Rua Jardim Botânico, esquina com a Rua J.J. Seabra, Sady Bianchin, Cairo e Denizis Trindade, mal sabiam o que estavam começando.

Outros que aderiram estavam presentes: Gilson Maurity, Paulinho Lima, Pedro Tostes e Ana Paula Pedro. Com o tempo, alguns deixaram de vir. Nem Sady, nem Cairo e Denizis acompanharam o primeiro ano de vida da Ponte de Versos. Mas os poetas continuaram aparecendo: Tavinho Paes, Nei Leandro de Castro, Neide Archanjo, Pedro Lage, Rosália Milsztajn, Sérgio Gerônimo, Messody Benoliel, Bráulio Tavares, André Gardel, Alberto Pucheu, Suzana Vargas, na Ponte organizada por Maurity e Rosane Carneiro.

Em setembro de 2000, Gilson se viu sozinho, e pediu, em caráter de urgência, que Ricardo Ruiz e eu acorrêssemos para auxiliá-lo na coordenação.

Até 2001, permanecemos no Jardim Botânico, mas, em 2002, os ventos sopraram para o lado de Ipanema, e Cristina Terra, nossa madrinha, indicou o caminho para o Barteliê, onde Tetê nos recebeu por mais dois anos, até a publicação da nossa primeira antologia.

Novas mudanças nos aguardavam: rumamos para a nova Livraria DaConde, a partir de agosto de 2005, e chegamos, hoje, a nove anos de existência contínua, com as adaptações normais que o tempo nos pede.

2007 foi um ano revolucionário: muitos retornaram, outros partiram: o saldo são duas antologias e duas centenas de poetas publicados pela Ibis Libris, editora gerada graças ao evento, a começar pelo próprio Ruiz, que lançou *Poesia profana*, em agosto de 2000.

Aproximamo-nos, agora, do décimo ano da Ponte de Versos, que se completa no próximo 15 de junho de 2009. Dez anos de reuniões poéticas, para ver, ouvir, conhecer e reconhecer poetas.

Nesta antologia, 66 dos integrantes desta Ponte de amizade e poesia.

Thereza Christina Rocque da Motta
Poeta e editora

PONTE de VERSOS

PONTE DE VERSOS

8 Anos

Adriana Monteiro de Barros

Ponte de VerSOS*: SOS, hoje, significa e-mail, pressa, rapidez, urgência, praticidade, mas, Ponte de Versos é calmaria, é introspecção, momento, poesia. Ponte que liga corações, que ligam versos, que ligam corações em versos.*

Adriana Monteiro de Barros é carioca, atriz, jornalista e poeta. Em 2004, venceu o *III Concurso do VI Festival Carioca de Poesia,* organizado pelo grupo Poesia Simplesmente. Já participou de diversas antologias e, volta e meia, pode ser vista em diversos eventos da cidade. Também tem poemas no site www.almadepoeta.com.br. Em 2008, publicou *Pianos invisíveis*, seu livro de estréia.

VERSOS A PÉ

Meus versos são descalços,
porque gosto da quietude das palavras.
Há muitas interferências entre pés e chão.
Há muitas interferências dentro.
Há interferências demais.
Gosto do silêncio que cala.
Gosto de palavras simples.
De palavras humanas.
Da palavra filho.
Do sentimento mãe.
Gosto de seres.
Seres e pessoas.
Pessoas, em geral, são poemas.
Poemas explodem, invadem e deságuam em forma de palavras.
Meus versos são descalços, porque são as mãos que os escrevem.
Meu coração fala pelas mãos.
Meu coração precisa falar.
Minhas mãos precisam de poesia.
Meus pés precisam pisar o chão.
Meus versos descalços versam o mundo
e pisam o chão.

Fevereiro, 2007

MAREANDO

Para João Luiz de Souza

Muito me perdi no mar.
Mesmo o mar é mais previsível e contínuo do que eu.
Eu, não.
Eu transbordo e navego.
Eu me transformo.
Viro enchente e transbordo de desejos pelo mar.
Eu me transformo em enchente de desejos pelo mar.
Eu me afogo e respiro desejos pelo mar.
Mas até o mar é mais previsível e contínuo do que eu.
Nunca represo.
Nunca usina.
Eu navego.
Só represo o que não for movimento.

Janeiro, 2007

FLORADA

Tudo em meu corpo adoece.
Tudo em meu corpo adoece quando choro.
Tudo em meu corpo chora.
Choro em todos os meus cantos.
Choram cantos e todos
choram todos os cantos.
Meus cantos são todos os cantos que choram.
Tenho muitos cantos
e eles choram.
Me alargo em tudo
e tudo me alaga.
Me alaga o rio quando choro.
O rio me alaga e me alarga.
Chora um rio em mim.
Um rio é um canto meu que chora.
Meu avesso é um canto meu que floresce.
Meu avesso é um canto meu que chora e floresce.

Quero florescer como choro que brota
e como rio que alaga quando me deito.

Abril, 2007
In *Pianos invisíveis* (Ibis Libris, 2008)

Afonso Henriques Neto

A Ponte de Versos *é desses acontecimentos culturais raros: primeiro, por privilegiar de modo democrático a divulgação/circulação da poesia; depois, por vir se mantendo ativo ao longo de bastante tempo, fato incomum no campo dos eventos poéticos.*

Nasceu em Belo Horizonte, MG, em 1944. Publicou: *O misterioso ladrão de Tenerife* (com Eudoro Augusto, 1972); *Restos & estrelas & fraturas* (1975); *Ossos do paraíso* (1981); *Tudo nenhum* (1985); *Avenida Eros* e *Piano mudo* (1992); *Abismo com violinos* (1995); *Eles devem ter visto o caos* (1998); *Ser infinitas palavras* (2001); *50 poemas escolhidos pelo autor* (2003); *Cidade vertigem* (2005).

NAS ESTRELAS

Ao modo desses discos de ouro e de titânio
que enviamos para as estrelas
com indicações do sistema solar
mais vozes e figuras humanas
junto à música de Sebastian Bach,
como esses sinais lançados ao espaço
sem esperança de resposta,
assim remeto versos a um amor
além estrelas,
beijos que já desdenharam gozo ou dor
e ora seguem a peregrinação sem fim
galáxia seca
eviscerada
máscaras de sonho no imêmore jardim.

Que há muito amara seios de violeta
frases de cristal e seda
o canto sáfico
voz iridescente a se quebrar
no desolado marfim
oh tempo de beleza tão violenta
que o próprio sol crestara delícia e ossos
luz veemente em noite de jasmim.

Pois tudo se fanara na água que não passa
e permanece queimando em órbita de breu,
pássaros extáticos no quintal sem lua,
carnal paisagem na seara de ser
memória de lábio, história que já ardeu,
flor a oscilar na cinza em que amor naufragara,
cego himeneu.

Que sempre se torna a viver o sonho amado
ao modo desses discos de ouro e de titânio
arremessados ao fundo da galáxia
violeta seca na treva da gaveta.

GOLPE DE LUZ

Para Cêça

a casa que não desenhei
a casa que não construí
arde em mim
qual pássaro absurdo

se vôo ou durmo
seja luz ou surdo
nada importa para o corpo negro
a pedra brusca

a casa que não foi
constrói a minha busca

POEMA

A paisagem não vale a pena.
Pesa dizê-lo assim tão duramente,
mas o que posso fazer contra os mascarados
que penetraram os altos muros
e agora coabitam os aposentos desolados?
Já não vale a pena a manhã.
Os embuçados chegaram em surdina
e foram destroçando todos os pilares,
todas as primaveras, as lúcidas esperanças,
vultos tão horrendos que paralisaram o dia.
A noite não significa mais nada.
As casas dormem e não significam nada.
O vento cortou-se em mil fatias de desespero.
Que dimensão canta além da treva,
a face repousada, os olhos claros?

A LUA VOAVA

a lua voava nua
na madrugada vermelha

mas onde estaria aquela
que de tão bela ofuscara
do sol a dança amarela?

no quarto ora deserto
um distante acordeom
depunha a melancolia
numa poça de néon

(quando a lua sonhara o sol
pela cama em desmazelo
risos mordiam o lençol
no embebedado novelo)

pois onde estaria aquela
alma de primavera
que no tempo se perdera
vaga sombra na janela?

gritar gritar que ela venha
com seu corpo de centelha

a lua voava nua
na madrugada vermelha

Alberto Tornaghi

É bacana, porque é ponte. É bacana, porque é de versos. É ponte que balança, agita, sacode, mas não assusta nem mete medo. É ponte que mais se faz, em que mais se está, do que se atravessa. É ponte que convida quem ainda anda em pinguela. É bacana estar nela.

Sou professor, que mais que ensinar, gosto de aprender. Meu melhor professor? Daniel Tornaghi, o filho que qualquer um gostaria de ter, e a sorte o trouxe para mim. Carioca da década de 50, agora com mais de 50, mostro o que escrevi para outros, além daqueles para quem escrevi. Comecei muitas coisas e nada terminei, continuam todas vivendo por conta própria. Nem o café desta manhã que ainda resta sobre a mesa da sala.

COMO DIZER A UM POETA

Como dizer a um poeta
que não gosto de sua poesia?
Como dizer a quem escreve
que não gosto do que ele cria?
Como dizer a um autor
que só por gentileza o aplaudiria?

Como dizer a um poeta
que, ainda que goste dele,
não gosto de sua poesia?
Como dizer a quem escreve
que, mesmo lhe tendo apreço,
não aprecio o que ele cria?
Como dizer a um autor
que era mesmo por gentileza,
que, encabulado, o aplaudia?

Se gosto dele,
se lhe tenho apreço,
ou se sou gentil,
que importa?
Não gosto de sua poesia.
Não gosto do que fazia.
Não gosto de como a dizia.
Nem sei por que a relia.

Poeta, meu colega, meu amigo,
não me ouça, não me escute.
Ignore, solenemente, o que lhe digo.
Ao escrever, apenas desfrute
do que quer que tenha redigido.
Saboreie como a um quitute.
Não, não se importe comigo,
ou com o que quer que eu lhe impute.
Não busque aplauso, como esmola o mendigo.

E não me peça para dizer
o que acho de sua poesia,
porque aí eu digo.

CONVERSA SEM VERSO

Ela diz:
– Olá, querido.
Não vai ser dessa vez... Hoje é *niver* do papai.
Não é nada pessoal, viu?
Apenas desencontros.
Muitos beijos

Respondo:

Fico triste que triste fico.
Pelos desencontros também,
é certo,
mas ainda mais
por saber assim,
tão certo,
que "não é nada pessoal".

Preferia que fosse
pessoal,
para lá de pessoal,
passional,
emocional,
sentimental....

Mas não,
"não é nada pessoal",
é quase impessoal,
é só desencontro
desses onde falta tudo,
onde nada encontro,
rima, métrica, cheiro, sorriso...
sua voz, nem você.

PS: É bom escrever! É bom de escrever! Talvez seja... bom te escrever!

ENCONTRO, DESENCONTRO

Para Danieli

Como pode ser assim difícil um encontro?
Como pode, desejo manifesto, escapar assim entre os dedos?

Eu desejo,
tu desejas,
mas ele não acontece.

Se nós desejamos,
que me importa a voz?
eles, o cansaço, o tempo, a falta de tempo,
eles que se danem.

Que devo fazer?
Torcer por um engarrafamento,
que nos volte a confinar no espaço exíguo de um carro,
agora ocupado por curiosidade e desejo declarados?

Como transformar coração aquecido
em encontro bem sucedido?

Proponho amanhã, em qualquer lugar.
Em qualquer esquina eu paro
e, como haverá motivo,
mais um verso eu faço.

E se quiserem saber
se eu quero,
diga que sim,
que foi depois que a curiosidade
chegou em mim.
Sim, foi depois que curiosidade
se fez em mim.

Aldemar Norek

A poesia de hoje se constrói no coletivo – o somatório de forças, vontades, criatividades e leituras do mundo onde estamos metidos com o compromisso tácito de melhorá-lo, sempre através da renovada Poesia. Vida ainda mais longa à Ponte*!*

Não tive versos publicados em antologia ou livro, não ganhei prêmios literários, nem concorri. Não fui aceito em alas de compositores, nem a de minha amada agremiação, Acadêmicos do Engenho da Rainha. Ninguém conhece os meus sambas. Pertenço à Antiga e Dionisíaca Ordem do Ornitorrinco, mas não falo sobre isso. Agora estou aqui, vejam só, tentando descolar uma vaguinha nesta antologia... (protestos e reclamações para aldemarnorek@yahoo.com.br)

DIA SUSPENSO

estende o hálito da tarde sobre mim
dia suspenso
dia que perdi num lapso branco revestido por vermelhos avos
e emergido assim da treva em cores de marfim

há lápides no ar
extensos ritos sons dispersas iras
tal cravos de arlequim
e sorriso nenhum sossego
pânico nenhum
só me espargiu o travo desse dia resgatado ao desterro

não ir é o meu caminho
e a nula urgência e a falta de motivos
formam pacto comigo
quando este dia elimina
rosto abrigo treva tempo
e sentido.

ANTES DA TREVA OS NAUFRÁGIOS,
angras retinas onde
em mim sangra a neblina in-
tensa em que a noite ancha
se inclina
ao brilho fátuo (sobre) de outros olhos-mina
de estrelas-lumes
(mira) onde sobejam
escolhos

luz artificial (intrusa) sob a (mesma) neblina
oscila

Nº. 7 (das "*Notas Marginais*")

Dedicado à barganha com o Presente – ele é que dá as cartas.
Sacado
o único cartão vermelho ao verso e nada se modificou: a superfície
das coisas
permanece impenetrável.
Só que lhe fode os nervos – '*seu mal é comentar o passado*' – no que
parece uma droga barata, e você quer mais: de um lado o
barulho das ondas,
do outro, as putas da avenida ('*uma delas disse que te amava*') e esta
cidade
é um mapa repleto de casas suspeitas, almas suspeitas, todas as
almas
são territórios de enigma e dissipam calor em labirintos de afeto
em carne viva. O coração estendido sobre o asfalto como um *puzzle*
de frases inesperadas, vilipêndios, bilhetes de amor escorraçado,
soníferos, quartos de hotéis de quinta, largas avenidas, céus da
infância.
O celacanto espera um cataclismo, um lance fulminante, *napalm*
– tudo
e qualquer coisa é melhor do que o veneno lento destes dias.

Ana Paula Pedro

Em tempos de morte patrocinada / de sorte decapitada / de voz silenciada / de tecnologia acelerada / de atrocidade contemplada / de guerra anunciada / de ética adulterada // É preciso // A livre imprecisão da poesia.

Poeta, atriz e psicóloga, formada pela USP. Produziu e atuou no Projeto "Tudo é Teatro" ao lado da atriz Giulia Gam. Tem em seu currículo espetáculos teatrais como "Alice através do espelho" e "A terceira geração". Participa da *Ponte de Versos* desde seu primeiro dia e em diversos eventos poéticos. Venceu o Prêmio "Poesia Simplesmente" do *II Concurso do V Festival Carioca de Poesia*, em 2002.

BEIJO DE BORBOLETA

Pêlos curvos e aveludados
como beijo de borboleta
como as curvas de nossos corpos
como os pêlos que se tocam.
Fecham-se.

Viva, projeto minha língua e sinto.
Sinto muito!
O calor de tua boca
o toque de teus lábios
a força de teus dentes
pálidos como as pontas de tuas unhas
que rasgam minhas costas,
tornando vermelho sangue,
a palidez da minha existência.

Abro meus braços
mordo meus lábios
cedo meu gozo
tremo meus olhos
treme meu ventre em busca de mais...
Ofereço-te o leite ao sugar meus seios.

Ah!
Teu cheiro
essência de divino sabor
como a água dos sedentos,
salivo
encontro de águas
lágrima que lava meus pêlos
abre meus olhos
Te reconheço.
Me reconheço.
Tua.

SELAR DE PALMAS

Para Paulo Villares

Dou-te minha mão.
Vamos andar entre nuvens
dentro da noite escura
encontrar o inimaginável.
Mão com mão
selar de almas.
Quando a noite se for
amanhecer mãos dadas.

QUEIXA

Me deixas quente
Me deixas rente
Me deixas crente

dor mente

Me deixas solta
Me deixas louca
Me deixas trouxa

só mente

Me deixas
Me deixas
Me deixas

GOSTO

gosto do teu gosto
derramado em meu rosto
  cru de carne
gosto do zunido
        do teu quarto
        do tempo entrelaçado em estranheza

gosto da certeza
do nunca mais
  intangível
gosto do tempo
        da leveza de seguir
        da destreza do partir antes mesmo de chegar

gosto do sobressalto
de esperar estremecida
  intumescido
gosto do gozo
        do fôlego que inspiro
        do desejo deixado antes de existir

gosto

da lágrima
contida
do tempo
partido
da ânsia
adestrada
do amor
perdido
do sonho
acabado
do gozo
urdido
da fala
cansada

gosto do gosto do gozo do rosto do tempo do elo do fosso

André Gardel

Sempre que posso dou um pulo na Ponte. *Para rever uma amiga de outros carnavais, Thereza Christina, e para visitar aquele ponto rotativo de poetas e afins, que sempre reserva alguma surpresa. Adoro atravessar a Rio-Niterói, me sinto cruzando os mares; na de Versos, a vida.*

Poeta e compositor, professor de teoria literária, literatura brasileira, portuguesa e dramática na UniverCidade. Publicou em poesia: *...e o diabo a quatro* (1991), *Abre o azul* (2000), *Poemas de Nova York* (Ibis Libris, 2002) e *A letra do poema* (2006). Em prosa crítica publicou, entre outros, *O Encontro entre Bandeira e Sinhô* (1996) e *Teoria da Literatura: tradições e rupturas* (2007). Lançou dois CDs: *Sons do poema* (1997) e *Vôo da Cidade* (2008).

DURA

A carne dura da alma
não tem osso ou artéria
e se encorpa com calma,
sem a pressa da matéria.

A carne dura na alma
mais que o tronco milenar;
o sol doura sua palma,
ecoa na concha do mar.

A alma dura da carne
joga um estranho xadrez:
só no movimento arde
e não quer ceder a vez.

A alma dura na carne
o tempo de um pensamento,
mais que isso já é tarde,
foge na espiral do vento.

O VELHO PREÇO

Eu, que passei dias secos de pedra no deserto,
horas secas de rio esquecido pela chuva ao sol,
noites claras, secos estampidos de balas perdidas,
a boca seca na ausência das águas do beijo,
secando queimado, desprezado até pelas rapinas,
estou aqui de novo, seco por um telefonema,
cego silêncio seco ecoando no poema.

Eu, que esfaqueei amores ainda com validade
e fui faquir à força de paixões rosa-dos-ventos,
convivi com demônios insuportáveis enxofres,
calado bradando tolo natimorto discurso,
dizendo a palavra errada no momento fatal,
estou aqui de novo, mais vazio do que ódio,
mais céu do que oceano, trespassado de tédio.

Eu, lixo de sarjeta indo ao sabor da tempestade,
entupindo bueiros, sujando letreiros, cisco
no olho do motorista, cabelo na garganta,
pedra no sapato, cagado de urubu, o tabu
que anda na brasa, cospe fogo, corta os pulsos,
estou aqui de novo, revirado, pelo avesso,
ardendo até a alma, pagando o velho preço.

MENINA NO CAVALO

Pra Nara

Força concentrada em forma elegante,
complexo de músculos ritmados,
andadura tesa, luz ondulante,
dorso em curvatura leve e marrom,
crina esvoaçante, rabo suspenso,
perna esguia, inesperada si-
metria plena da espécie sobressai
no verde azul, no branco ao redor
e se impõe aos olhos, uma mulher
que o charme não se explica,
que a fome não sacia,
que as horas não apreendem.
Tensão de sol contido em muda gravidade,
se deixa dominar por pura piedade,
por generosidade, por sabedoria;
minha filha agradece e passeia em flor
no fogo de sua lúcida selvageria.

Andrea Paola Costa Prado

Retornando à Ponte de Versos, *me debruço ao largo, reencontro os bons companheiros do passado ao sol do presente e percebo muito mais gente grávida, parindo uma nova leva de poemas, livres das fronteiras das regras e obviedades, em prol da travessia para novas possíveis realidades.*

Curadora do evento *Letras Poéticas*, na Livraria Letras & Expressões, em 2004, realizou os eventos *Palavra de Honra,* na livraria New Books, (Moção Honrosa da Câmera dos Vereadores do Rio de Janeiro e do Festival Poesia em Festa, do Grupo Poesia Simplesmente), em 2005, e o *Slam Brasil*, *Primeiro Festival de Poesia Performática*, durante a *Semana Cultural de Santa Teresa*, em 2007. É curadora do site http://www.almadepoeta.com/, onde assina a coluna Ecologia do Ser.

O mal pesca na ingenuidade.
O diabo é a inconsciência.

IDADE MÍDIA

Precisamos encarar de frente
as controvérsias de vivermos
em plena Idade Mídia,
fazer do boca a boca
o beijo da notícia;
a versão que interessa ser...
transmitida

Diante de tanta imaturidade,
em que tudo acaba em pizza,
matéria praga, vício da cena
distanciada dos fatos,
em pratos limpos,
precisamos de novos autores
e não de tantos intérpretes da realidade

DITADURA DA BELEZA

A ditadura da beleza
– ditadura gueixa –
lambe a tua cara,
morde a própria língua

Mulher negra, branca azeda, gorda ou feia, pobre, muçulmana,
a ditadura do desejo não te livra em nada,
te chama de Raimunda e te come

Tá na jura, tá no peito, tá na mira do desejo, tá no remelexo!
Tá na cara, tá no beijo, tá na mira do desejo, tá no remelexo?

Tá difícil ser mulher...
sem dar ou receber um pontapé
Tá na cria, no leite desse homem

Não tá na consciência, não tá direito
Idéia fixa tá na fome de quem mata e come

E, se há culpa...
é da mulher!
Foi quem criou essa galera!

SERES DO MAL

Ele diz que não sabe quem é
não consegue dormir mais
não sabe o que é paz...
seus sonhos se repetem,
são só pesadelos!

Se sente só
Por isso, bebe pra esquecer que:

não sabe quem é
não consegue dormir mais
não sabe o que é paz,
seus sonhos são só pesadelos
se sente só...
por isso, bebe pra esquecer

Será que alguém o conhece?

Ele queria comer todas as atrizes,
mas, morreu cedo,
o coitado,
de indigestão,
numa cama de motel,
com uma puta

Deu no jornal da TV
Nem é preciso dizer quem é!
Um diretor famoso qualquer,
que já se deu bem mal

com a má fama!

Ele ainda está vivo...
deve ter vivido na Grécia Antiga
e ter condenado ao exílio todas as poetisas!
Narciso, ele renasce numa Nova Grécia
Tenta instaurar uma incerta *res* pública,
Patético, sem par, não rima.

Ele registrou um bloco de carnaval em seu próprio nome!
Mas como? Um bloco são muitos!
Mas qual?! Que enredo! Qual será a sentença?

"General da Banda" é como se auto-intitula!

De parada em parada, vai marchar o palhaço,
ao longo da avenida, na quarta-feira de cinzas,
até perder a graça,
diante da máscara de todos!

Ele cospia palavras...
escarrava palavras
vomitava palavras...
Língua de trapo:
morreu de tanta raiva

Perdeu a mulher,
os filhos,
o emprego,
o prazer de viver,
perdeu tudo

"A justiça divina tarda, mas não falha"
A dignidade, ele perdeu
antes de perder o sentido das coisas sagradas.

Poemas da Série "Pragas da Idade Mídia"

Angela Carrocino

Em eventos como o Ponte de Versos, *o amante da poesia tem a oportunidade de conhecer e conviver com poetas da atualidade, das mais diversas tendências e escolas literárias, e isso é enriquecedor.*

Natural de Pindamonhangaba, SP, criada desde a infância no Rio de Janeiro. Além de artista plástica autodidata, é formada em Pedagogia pela UERJ e professora aposentada pelo Colégio Pedro II. Publicou dois livros de poesia: *Tecendo palavras* (2002) e *Tal Pai, Tal Filha* (2007). Integra o Grupo Poesia Simplesmente. é Diretora Cultural do Sindicato dos Escritores do Estado do Rio de Janeiro (SEERJ), e coordena dois eventos poético-literários: "Terça ConVerso no Café" (com o Grupo Poesia Simplesmente) e o "Charau" no SEERJ.

NA NOITE FRIA

Naquela noite fria e escura,
quando a lua entre nuvens se escondeu,
ratazanas corriam sem rumo,
e morcegos voavam no breu...

Enormes aranhas teciam suas teias,
cães (ou seriam lobos?) uivavam pra lua,
enquanto, entre sombras bruxuleantes,
ruídos estranhos vinham da rua...

Por um instante,
um silêncio apavorante,
carregado de maus-agouros,
arrepiou os marinheiros
que atracavam seus barcos
nos pequenos ancoradouros...

Como um corte de navalha,
como se fosse um açoite,
uma gargalhada corta a noite,

– Ha-ha-ha-ha-ha!
– Olho de sapo,
língua de cobra,
escama de camaleão...
De tudo um pouco
jogo no meu caldeirão!!!

– Ha-ha-ha-ha-ha!
– Faço magias, as mais variadas,
executo todo e qualquer ritual:
rezo, canto, danço,
apelo para o bem e para o mal;
faço o que preciso for,
para reaver o teu amor!

MEDO SOMBRIO

Tenho medo da noite:
as sombras me apavoram
e as noites são cheias de sombras...

É na noite
que o mal espreita mais de perto suas vítimas...
É nas sombras
que ele se esconde e aguarda para o bote...

Escondido nas sombras,
pode vir sob as mais variadas formas:
tomar o aspecto cândido de um anjo
ou frágil como uma criança ou um velho,
mas sempre será o mal...
E quando deixar cair a máscara,
será tarde demais para a vítima...

Eu sei,
já vi a sua face...

9/12/2006

FELINO

Me sinto um gato,
quando pulo pela janela do seu quarto,
mas me sinto um leão,
quando rolamos juntos no colchão!...

NASCEU HOMEM, VIVEU COMO ANIMAL:

...foi criado como um peixinho de aquário,
tinha a memória de um elefante
e falava mais que um papagaio.
Vivia pelas noites, como uma coruja.
Preferiu viver como um cãozinho sem dono
a manter a fidelidade de um cisne:
vivia "ciscando" como um galo
e, com isso, procriou como um coelho,
mas defendia suas crias como um leão.
Morreu como um passarinho,
mas sonhava viver mais que uma tartaruga.

Armando Carvalho

Em 1974 comecei a escrever, sem muita convicção. Passei a freqüentar alguns encontros poéticos, alguns anos depois, e vi que não era tão intruso assim. Na "Ponte", desde o início me vi envolvido, apesar da timidez, por uma atmosfera agradável e amiga, que me fez crescer como pessoa e até, suspeito, como poeta.

Carioca de Botafogo. Primeiro: Primário. Segundo: Pedro. Depois: engenheirei pelos trilhos da Central. Mudei. Fiz teatro. Escrever, comecei. Poesia escondida. Participei de antologias. Livro solo, só eu sei.

A CAMPA DE MEU PAI

A lápide da campa de meu pai está partida na ponta.
O braço do Cristo do pequeno crucifixo enferrujado se desprendeu
do corpo.
Uma fiada de musgo solda as partes partidas da campa de meu pai.
Na campa de meu pai há minha mãe e outras saudades.
Na campa de meu pai há trepadeiras amarelas das campas da frente.
Na campa de meu pai há pardais e bem-te-vis das campas de trás.
Na campa de meu pai falta uma letra em seu nome e uma cruz no
de minha avó.
Na campa de meu pai há eu tocando o concreto quente sem saber
o que dizer.

COVA RASA

Cada homem, cada passo
Cada via, cada sina
Cada homem, cadafalso
Cadafalso, guilhotina.

Todo homem cata vento
Todavia acata a morte
Todo homem, catafalco
Catafalco rijo e forte.

Cada homem, catapora
Cada hora, cada multa
Cada homem, catarata
Cada rata, catapulta.

Todo homem cava a cova
Cada cova cava a frio
Todo o homem, toda a cisma
Cataclismo, calafrio.

Todo homem, toda terra
Toda esfera, toda a luta
Cada luto, cada guerra
Cada cova, outra espera.

E essa criança em cova rasa.

UMA ÁRVORE DE MINHA INFÂNCIA

Tu foste verde porque quiseste,
porque podias escolher a cor.
Teus galhos, tu os ramificaste
na direção que melhor desejaste,
na quantidade exata da beleza plena.
Tuas flores tu as tiveste
na medida certa de teus filhos,
benditos frutos de teu ventre.
Tuas cigarras e pardais
tu guardaste em doce aconchego.
Tu te despiste no outono
e aguardaste a primavera.
Tu gozaste o fluídico frescor
dos rios de chuva em teu corpo,
dos rios de chuva em teu caule,
das pérolas de tuas folhas.
Tu brincaste com o vento
no labirinto de teus ramos.
Tu serviste de refúgio
pra nós, teus matadores.

Hoje, sobre teus restos mortais,
onde jazem tuas raízes,
pesa o pátio longo e frio
de cimento, areia e pedra.

Aroldo Ferreira Leão

A Ponte de Versos *nos une e nos define em cada coisa do universo. Traz, em si, a essência de muitos, a vontade de nos reconstruirmos, de dar as mãos para um mundo melhor, solidário, justo, arbusto plantado, com humildade, no seio dos veios cheios de enleios e gorjeios densos, intensos.*

Poeta, nasceu em Parnamirim, RN, em 12/10/1967. Tem 100 livros publicados e participação em 20 antologias. É formado em Engenharia Elétrica pela UFRN e tem pós-graduação em Língua Portuguesa pela UFRJ. Atualmente, desempenha a função de Auditor Fiscal/BA e é professor de matemática da UNIVASF (Universidade Federal do Vale do São Francisco). Mora em Petrolina, no sertão de Pernambuco. www.aroldoferreiraleao.com.br

ESPERANÇA QUE DÓI

A poesia é uma esperança que dói,
Grito, que não se ouve nem se define, em
Nossos mundos de desenganos constantes,
Apelo delicado trafegando ao

Redor das coisas desprotegidas, música
Que quanto mais toca menos ilude a
Platéia de abobalhados do planeta.
O tempo afunda as idéias e os desejos,

Constrói a destruição lenta de cada
Um de nós, efêmeros seres cortados
Ao meio pela espiritualidade

Das mortes e dos pesadelos que nos
Acompanham durante toda a vida. Há
Em todos, um medo, um sonho, uma dor funda.

OS MORTOS NOS DESENTERRAM

Os mortos nos desenterram no dia
De seus velórios, compreendem nossas
Iras e temores com mais clareza,
Abraçam a eternidade de suas

Angústias, quem sabe, em sossego. Têm
No pôr-do-sol dos horizontes de
Si mesmos, a tenacidade das
Visões desamparadas, tristes, velas

Iluminando as incertezas de
Todos os seres. Será que, algum dia,
Amanheceremos?! Não nos buscamos,

Não refletimos em nossos espíritos
A grandeza das comunhões, nem o
Silêncio das verdades viscerais.

OS CEMITÉRIOS

Os cemitérios, pacientemente,
Nos esperam. De cova em cova, a vida
Acaba nos finalizando, sem
Rigores nem excelências. Chega uma

Hora em que nos preenchemos de imagens
Ancestrais, mas, também, passamos a
A compreender os vazios que nos
Dominam e nos perpetuam no

Tempo. Para onde iremos, se nem ao
Menos sabemos de onde viemos?!
Como, então, nos encaixarmos nas coisas

Sem esperarmos a morte de tudo?!
Dos animais às plantas, do fogo às
Águas, da terra ao ar, tudo é imenso, oco.

Astrid Cabral

Pontes são braços de pedra e metal que juntam margens. Transformam ilhas em penínsulas. A Ponte de Versos, *de eficiente engenharia virtual, aproxima as ilhas de poesia que somos cada um de nós. Em vez do isolamento, a alegria do encontro.*

Resumir 70 anos de vida em cinco linhas é colocar o mar num dedal. Nasci em Manaus, onde fui criada na casa dos avós maternos. Aos dezoito, ganhei o mundo. Já morei em Recife, Rio de Janeiro, Brasília, Beirute e Chicago. Estudei línguas, literatura e artes. Fui professora no ensino médio e superior. Oficial de chancelaria do Itamaraty. Tradutora de inglês. Plantei árvores. Criei cinco filhos. Publiquei doze livros.

MURALHA

Agressiva e fria
a vitrine cintila
safiras na moldura
da injusta platina
e do impuro ouro.
Até que o punho
do homem com fome
em riste esmurra.
O vidro sendo vidro
se esfrangalha.
O sangue sendo sangue
escorre e coalha.
Mas a muralha,vejam!
continua intacta.

NO COLO DO ANJO

Empoleirado
na torre do meu sonho
um anjo resplandece.

Cílios cintilantes
estrelas nos olhos
ele me acena com plumas
e me abraça com asas.

Juntos vagamos
entre rastros de astros
a cavalgar nuvens
por planícies etéreas
até que me sinto serena.

É como se mudo dissera
não temas véus ou névoas
qualquer neblina passa.
Mas eis que então fala:

Não sejas cega, menina,
o olhar de Deus tudo abarca.
Só os homens têm pálpebras.

PASSARÊS

Entre folhas secas ou verdes
canta ao balcão da janela
um pássaro estrangeiro.

Tal o olhasse sem enxergá-lo
conheço-lhe o passarês
sem jamais decifrar-lhe a voz.

Não é de hoje que me aflige
essa terrível surdez
a vedar-me sua mensagem.

Céus, são tantas as linguagens
que sempre me deixam à margem
cega ao que pássaros sabem.

Ayssa Norek

Quando meu pai conheceu a Thereza Christina, ela logo lhe falou sobre o movimento de poesia falada do Rio. A gente não conhecia nada nem ninguém desse meio. Fomos na Ponte e para mim foi uma descoberta, e a Poesia agora faz parte da minha vida, acho que para sempre.

Escreve poemas desde os nove anos. Em 15/08/2008, completou treze e persevera neste ofício com paixão. Desde 2005 começou a freqüentar com os pais alguns dos eventos de poesia no Rio de Janeiro – entre eles a *Ponte de Versos*, onde os lê e se alimenta de mais poesia. Esteve na abertura do *Festival PoesiaVoa*, organizado por Tavinho Paes e Bruno Cattoni, onde, com a irmã Beatriz, leu ao lado do poeta Thiago de Mello, representando o futuro da poesia.

ROSA

Eu, um dia, tentei decifrar uma rosa,
Mas me embaralhei em suas pétalas
Que guardam amor bastante
Em seus infinitos corações.
Eu, um dia, tentei decifrar uma rosa,
Mas me perdi em seu mundo de alegrias
De que só eu sei falar
Por uma vida inteira,
Ou uma eternidade.

TODA CRIANÇA TEM DIREITO!

Um dia, ouvi a palavra
Esperança.
Logo pensei em criança
Andando pelas ruas.
Vi uma mãe
Sentada ali no chão,
Com o filho no colo,
Estendendo a mão,
Sem pão, nem comida,
Sozinha, no frio,
Trazendo, no olhar vazio,
Toda a sua solidão.
Tão pequeno o menino,
Chorando,
Com fome, com frio.
Onde está o seu coração?
Na rua sombria,
Na vida vadia.
Onde está a nossa nação?
Nesta hora, está no meio da rua,
Esperando a sua mão...

CASTELO

Castelo de areia
Castelo de sonhos
Castelo de cartas
Castelos e mais castelos
Um pouco de cada castelo tirei
E um castelo de idéias
Formei.

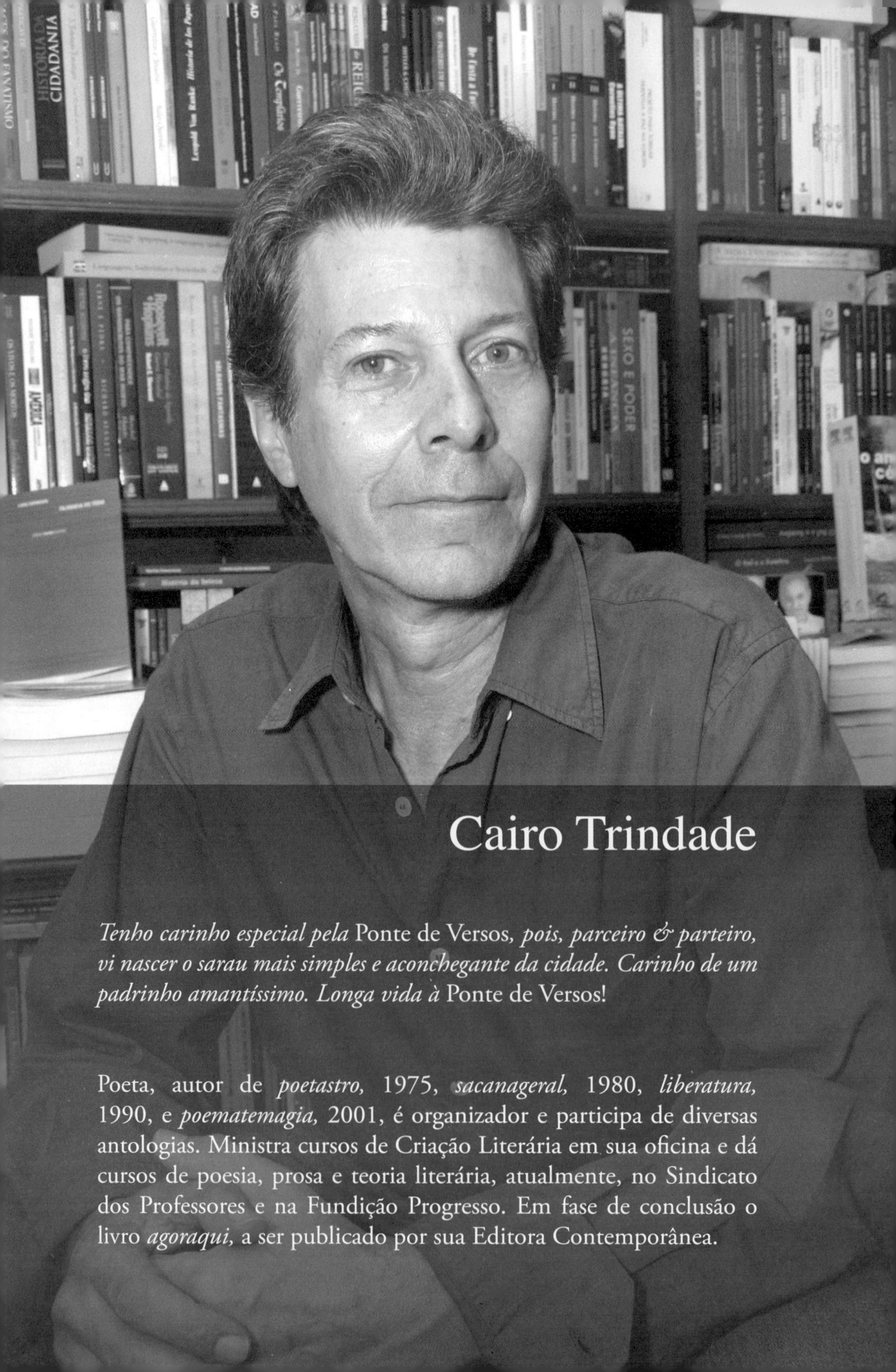

Cairo Trindade

Tenho carinho especial pela Ponte de Versos, *pois, parceiro & parteiro, vi nascer o sarau mais simples e aconchegante da cidade. Carinho de um padrinho amantíssimo. Longa vida à* Ponte de Versos!

Poeta, autor de *poetastro,* 1975, *sacanageral,* 1980, *liberatura,* 1990, e *poematemagia,* 2001, é organizador e participa de diversas antologias. Ministra cursos de Criação Literária em sua oficina e dá cursos de poesia, prosa e teoria literária, atualmente, no Sindicato dos Professores e na Fundição Progresso. Em fase de conclusão o livro *agoraqui,* a ser publicado por sua Editora Contemporânea.

PILEQUE DE PALAVRAS

entro no poema sem pedir licença
sem medir limites – livre e sem pudor
entro de cabeça entro inteiro dentro

desnudo e em espasmo mergulho me perco
me afogo e me engasgo – susto transe surto
quase sofrimento quase quase orgasmo

saio do poema como quem renasce
tonto e muito louco – quase choro sempre
quase sempre gozo e sempre morro um pouco

CRIAÇÃO, MOMENTO MÁGICO

viagem que arrebata
sonata e dinamite
afeto e desacato
num rito sem limite

falsa/exata faceta
que grita ao infinito
as notas de um soneto
o mito em que vomito

a luta predileta
rota que me poeta
quando grato ou puto

meu barato e dejeto
minuto mais secreto
meu último reduto

CELEBRAÇÃO DO INSTANTE

hoje é sempre melhor do q ontem porque hoje é hoje
esta coisa mágica única surpreendente que se acaba
de repente

hoje é melhor do q amanhã porque hoje é hoje
e estamos vivos e plenos de tanto até não se sabe
como e quando

hoje é sempre melhor q sempre porque o hoje foge
amanhã é um mistério e ontem é só memória história
já era

hoje é sempre o maior presente porque a vida é agora
esta hora de som e luz e festa e este instante é tudo
o que nos resta

Carlos Manes

Pouquíssimas vezes compareci à Ponte de Versos, *por acreditar que apreciação de texto literário é atividade essencialmente solitária e silenciosa. No entanto, ter participado de tais encontros, que constituem uma tentativa de resistência às várias formas de banalização permeando a vida social, foi para mim razão de imensa alegria.*

Carlos Frederico Manes Guerreiro nasceu em 1967, no Rio de Janeiro, onde vive até hoje. Formou-se em Letras pela UERJ, em 1990 e em Direito, pela UFF, em 2001. Funcionário público. Casado. Publicou seu primeiro livro, *Poemas* (Ibis Libris) em 2006.

ALUMBRAMENTO

Os olhos são poucos
para o mundo.
Neste
já não se plasmam mistérios,
nem o humor subverte.

Como apelo íntimo,
persistem apenas
a flor inodora
das coisas envelhecidas

e a lucidez de uma voz
que prefere calar.

ENVELHECER

Moça sentada à janela
esperando
amores implausíveis,
notícias do país amargo,
frescor de brisa.

Moça sentada à janela.
Não veio amor.
Não vieram notícias.
Veio somente a brisa
suave suave.

JOGOS

Paladino ou mago?
O garoto hesita
entre espada flamejante
ou bastão transformador.

Mundos esquivos estendem
florestas
bytes
tijolos amarelos.

Pais, assustados, convidam-no
a passear na cidade
de cimento e sujo. Inútil.
O bracinho ágil não quer o sal da terra.
Quer desenhar com o *mouse*
místicos, traiçoeiros anéis.

Com um *click* mapeia o universo.
Com dois destrói tudo;
cria e recria
polígonos de mistério e graça.

Já o tempo, hábil jogador,
num único lance
rouba-lhe decisivos,
inadiáveis pontos.

Cecília Cavalcanti

Recitar poesia em bares, livrarias ou mesmo nas ruas é sussurrar sentimentos, paixões, momentos. Gosto de traduzir os encontros poéticos como jazz sessions *não gravadas, mas que ficam na história como "encontros memoráveis". Cada um espalha ao vento o som das palavras, formando uma onda orquestrada de vida.*

Jornalista por profissão, poeta de coração. Carioca, autora do livro *Palavra de Mulher* (Litteris), com poemas que retratam a mulher da segunda metade do século XX, revolucionária e apaixonada. Recita poemas em vários eventos, normalmente acompanhada por música. Participou da Ponte *de Versos: 4 anos – Uma antologia carioca*, em 2003.

FIM DE SEMANA

Fujo da luz
que revela minhas rugas.
Não vejo cor
Tenho tanta amargura...

Quero me esconder
nos becos escuros,
tomar da bebida
mais pura,
me embriagar de dor...

SEM TÍTULO

não sinto saudades
sinto falta de sua existência

SEM TEMPO

Estou ficando sem tempo.
Queria muito voltar,
somente meus anos,
para refazer meus planos,
criar outras oportunidades,
dizer outras palavras,
fazer outras coisas.
Talvez, assim, eu o tivesse conhecido mais cedo
e teria mais tempo para estar com você.

CAMINHO

Tá na hora de parar de fingir
mentir
de chorar
sem motivos

Tá na hora de me calar
cessar de pensar
esquecer a idade

Tá na hora de me despedir
daquilo que não é mais meu
seguir em frente
fugir do permanente
voltar a ser diferente
ser eu
Tá na hora de fugir
sair por aí
sem motivos
só, partir

Tá na hora de mudar de lugar
caminhar
ver outro luar

Tá na hora de voltar a sorrir
Tá na hora de viver
esquecer
parar de sofrer

Encontrar alguém para amar
e ser feliz

AOS 40

o começo do fim...

o charme e a inteligência
de não ser ninguém

SONO DA MORTE

Você se deitou
e dormiu...
Nós morremos.

Sua voz se calou
envolta em gritos de silêncio...
Ensurdecemos.

Seus olhos se cerraram
num sonho profundo...
Nós nos cegamos.

Sua alma se foi
quieta na madrugada...
Nós sofremos.

Você se libertou
das incertezas...
Nós nos aprisionamos
na dor,
na saudade,
na morte.

Claudia Alencar

Ponte de Versos *é o encantamento do encontro – momento raro de riqueza anímica. Obrigada pela alegria.*

Claudia Alencar, atriz, poeta, bacharel em teatro e professora licenciada pela Escola de Comunicações e Artes da Universidade de São Paulo. Atuou em 25 peças, como *Tartufo,* de Molière, com Paulo Autran, e em nove longas-metragens, como *Doce Delírio,* de Manuel Paiva. Participou de 27 novelas e minisséries na Rede Globo, como *Roda de Fogo*, *Fera Ferida* e *Porto dos Milagres*. Pela Rede Record, fez *Prova de Amor, Alta Estação e Os Mutantes*. Publicou cinco livros: dois de pesquisa teatral e três de poesia, entre eles, *Sutil felicidade* (2001), com 22 de suas aquarelas e participou de três antologias.

OUSADIA

Hoje, como ontem
Ouso amar, para não adoecer a existência
Rezando todos os dias o "Livrai-me desse mal".

Hoje, como amanhã
Clown da resistência
Afogo no mar coração de enganos
Persisto, busco o Graal, insisto
Penélope desmaiada sobre panos
Fênix das tormentas, volto a mergulhar.

Hoje, como hoje
Inclino-me diante do altar avassalador
Mulher, velha menina talhada de ilusão
Estilhaçada por inevitáveis martírios
Esqueço da morte, brincando de amor
Como boa marinheira, lapidada por mares bravios.

CHORO EMBUTIDO

Fecho os olhos
Mastigo lágrimas
Um choro embutido no armário
Velho
Cansado, guarda
Dor
Nas manhãs, cuspo grãos de mágoa
Nas noites fico calada, você não diz nada
Caminhando lado a lado
Vivemos separados
Viciada nessa existência sem mel
Despejo vidas em lenços de papel
Agora
Hora da partida
Você de costas, indo embora.
Eu de quatro, rosto baixo.
Não.
Não chorarei mais
Quebrou
Carne e osso se consertam
Entendi que alma não
Não tem bonder, não tem durex
Não tem carinho que grude traição.

SAUDÁVEL INSOLÊNCIA

Na rua deserta
Na manhã insone
Reina imponente
Um telão de bruma
Travestido de paulistana garoa
Cegando onipotente
Céu, morro, Cristo, lagoa

Ergam as cortinas do teatro divino
Que comece o espetáculo previsto
Mas me apareçam com ensolarado figurino
Morro, céu, lagoa, Cristo

Talvez estejam dormindo
– Então, deixe-os
Deixe-os simularem a morte
Não tive a mesma sorte
Meu sono decretou greve

Hoje essa triste névoa me traduz
Mas, e amanhã?
Serei velho cinza angustiado
Ou talvez, um raro rosa ou azul desleixado?

Cristo, morro, lagoa, céu
Como ser uma só se a natureza é tão desigual
Se o dia me ensina a ser divina no plural
Se a vida todo dia é troca de fantasia

Cristo, lagoa, céu, morro
Tão volúveis na sua permanência
Tão variados na sua mesmice
Tão bruxos na sua ciência
Tão jovens na sua velhice

Me ensinem essa sua saudável insolência.

Claudio Leal

Desde 1999, o encontro poético-literário Ponte de Versos *vem deixando o seu clarão invadir corações e mentes. O que dizer da* Ponte de Versos*? Batismo de fogo! Um palco solar, uma galáxia repleta de estrelas.*

Cláudio D. C. Leal (Cacau Leal) nasceu no Rio de Janeiro. Formado em Jornalismo, é poeta, dramaturgo e projetista. Publicou *Além das muralhas* e *Cabo Frio: o vento fala*. Recebeu, em 2004, o 1º lugar no Prêmio Stanislaw Ponte Preta de Poesia e o 2º lugar no Prêmio SEERJ de Poesia. Em 2006, tornou-se membro da Academia Cabo-Friense de Letras. Em 2007, passou a integrar a chapa RECONSTRUÇÃO do Sindicato dos Escritores do Estado do Rio de Janeiro, presidida pelo poeta Tanussi Cardoso

CINZEL DO TEMPO

alguns poemas
são como o clarão do dia
refletido nas coisas.
outros há que são,
sob o manto noturno,
luzes ou sombras destas coisas
vividas no dia-a-dia.
entre o clarão diurno
e a explosão onírica dentro da noite
uma agulha fina
injeta nas artérias da vida
o soro da morte no sangue.
ó cinzel do tempo
– infatigável escultor do futuro –
eis que o teu escalavrar
          na carne
os abismos plásticos do crepúsculo
dói mais que tudo!

O MOVIMENTO DOS BÁRBAROS ILUMINADOS

passam pois por dentro indo imbatíveis
sob o céu violeta os bárbaros.
atiram seus mortos, incompreendidos, ao mar.
nenhum acampamento,
sempre lotado de almas e corpos voluptuosos,
possui porta.
não há maridos nem esposas nem propriedade
nem capital nem prisão nem manicômio...
por dentro pois passam indo os bárbaros
iluminados por desejos solares
às suas embarcações oceânicas.
ó céu misterioso!
portentosas estrelas se movem,
arrastam com elas mundos e vidas...
chuva de luzes no palco!
alguém abre os braços
sei, sinto, separo, junto-me aos bárbaros;
eles me são, e eu seguirei incompreendido como eles,
por ermos caminhos, à loucura de outros corações.

UM POETA NO MEIO DO CAMINHO

Para Carlos Drummond de Andrade

no calçadão de Copacabana
olho o vosso rosto
as mãos em repouso
o livro, o óculo-de-alcance
a calvície acentuada
a perna cruzada
banco de pedra, corpo de bronze...
procuro a sua voz, poeta!
a sua voz é a voz do mar às suas costas,
a sua voz é a voz dos homens a falar contigo:
em verso ou prosa.
procuro a sua alma, poeta!
a sua alma está nas palavras contidas na esperança do povo,
a sua alma está no sonho de cada vida,
em seus projetos de vôo...
procuro o seu coração
na escultura do corpo.
o seu coração, poeta, não está ali
mas no peito da eternidade
em carne, em ossos, em ferro, em pedra, em arte...
tem um poeta no meio do caminho,
no meio do caminho tem um poeta.

Cristina Terra

Ponte de versos: *uma Ponte ligando as idéias pensadas para as palavras escritas e declamadas. Descoberta de amigos amantes da poesia. De boca a ouvido um segredo: "A gente se vê na Ponte". Beijos da Madrinha.*

Cristina Terra?! Leia-me! Informe-se! Componentes: Poeta, jornalista, artista plástica, contadora de histórias, pacifista, budista e militante planetária ecológica. Maior AMOR do mundo: meu filhote Gabriel. Paixões: Maiakovski, García Lorca, Hilda Hilst, Clarice Lispector, Rabindranath Tagore, Rumi, Lewis Carroll, Vincent Van Gogh, Gustav Klimt, Georges Bracque, Cézanne, Brennand, Frans Krajcberg... Enfim, tudo o que edifica meu SER.

O ABISMO

Eu sou antes. Eu sou quase. Eu sou nunca. E, tudo isso vive em mim.
Clarice Lispector

O Abismo é marcado pelo escoar do tempo.
Gestos e rodopios me incendeiam a alma.
O Abismo é o momento insólito, parado dentro de si,
antevendo uma profundidade incógnita.
O Abismo não é precipício; ele não precipita nada.
É calma.
Vacuidade.
O Todo, inerente em si:
– Sem Forma
Matriz de tudo o que é.
No Abismo mora Deus.
E Ele sorri no espaço... Pleno!

4/07/2007

ENCANTO

Sobre meu corpo molhado de palavras, escrevo.
Penso, mais de uma vez, em tatuar meus versos sobre a tua pele.

VOLÚPIA!!!

És a fonte de inspiração para as rimas do meu suor.
O sol em teu olhar ilumina minha lua plena.

E brilhamos no encanto.

Mesmo que seja breve,
Mesmo que seja insano,

ENCANTO.

E o dia tem sabor de poesia,
E a noite traz a tua autoria...
Sobre as tremas do meu desejo,
Teu beijo.

Primavera, 2006

POEMA ÍNTIMO

Para Mauro Salles

Eu quero um poema íntimo.
Íntimo como o amor que nos intima,
mas não intimida.
Íntimo como um olhar de mãos que
sussurram gestos.

Eu quero um poema que cative
palavras profanas
para que
elas alcem vôo como pássaros feridos pela aurora,
como anjos caídos rumo ao sonho da poesia.

Sonho de Babéis em guardanapos...
Papéis intemporais,
línguas disfarçadas
declinando-se ao indefinido verbo
AMAR.

Eu quero.
Espero,
um dia, ser
poema
teu.

Casa Julieta Serpa, 9/11/2006

Daniel Novik

A Ponte de Versos *é um dos eventos mais selecionados a que os poetas cariocas têm acesso. Aberto a todo o público, de presença obrigatória para se conhecer um pouco do que anda acontecendo no meio poético no Rio de Janeiro.*

Daniel Novik, 33 anos, natural do Rio de Janeiro. Comecei a escrever faz ano e meio. Antes trabalhei no mercado financeiro durante uns oito anos, na área de bolsa de valores, administrando recursos de terceiros. Parei antes que fosse parado, de tanto estresse. Nem sei como comecei a me enveredar na poesia, meio que num estalo, após uns três anos freqüentando os mais diversos eventos de poesia pela cidade.

VASTA FAUNA

Quando está tudo perdido
Seu marido galinha demais
Gaviões urubuzam sua gata
Pererecas não come mais
Está sem eira nem beira
Sua vaca há muito no brejo
O elefante no espelho adiante
Gato por lebre constante

A galinha da sobrinha ciscando nas redondezas
O pobre do seu pinto a lhe deixar na mão
A mula do filhinho que repete todo ano
E sua mulher se empavonando pro patrão
Suas lágrimas de crocodilo
Não convencem mais ninguém
Não freqüenta nem mais um bacanal
E já está para morrer como peru de natal

Os empregados num andar de cágado
Os amigos lhe fazendo de pato
A amante empombando, a mulher só de ficela
Muito bicho grilo queima fumo em sua janela
Todos gatos já são pardos
Urubu meu louro
Todos a lhe fazer de trouxa
E vive papando mosca

Sua filha só com anta de surfista
Sempre empacado, em dias de cão
A namorada sereia se tornando uma baleia
A perua da esposa no limite do cartão...
Ao ganhar cavalo de presente
Na cabeça só vê chifres
Na boca, nenhum dente

Papagaios no seu ombro,
Gralhas na sua cola

Não afoga mais o ganso,
Só suas mágoas vida afora...
E o porco do vizinho
Que não joga o lixo fora
Está sempre com a macaca
Pagando muito mico
Engolindo vários sapos
Matando cachorro a grito

Só cobrinhas o admiram
Piranhas a rondar
Espíritos de porco assolando
Amigos ursos a rodear
Só zebra que dá
Dando co's burros n'água
E de bode está

Tenha sempre em mente
Que melhor sempre é
Dois pássaros na mão
Do que um em sua cabeça a cagar
Pois quem está na merda
Jamais deve piar

SEMANA

Pobrinho, mas super limpinho
Super limpinho e todo arrumado

Segunda, desperta assustado
Batente clamando pra ser começado
Se arruma em dois tempos com o trem
Chacoalhando seu sono pra lá de atrasado

Vem terça e segue a tristeza
Por essa beleza do tal ordenado
Só pensa na vida e no mês
Que jamais encaixa no seu salário

Pobrinho, mas super limpinho
Super limpinho e todo arrumado

É quarta e ainda distante
Do fim de semana que tão aclamado
Acorda anestesiado e vai levando a semana arrastada
Capricha até no café, mortadela, azeitonas e 4 bisnagas

Vem quinta e quase encerrada
A sua rotina proletariada
Já chega todo animado
Esquece do ponto, só pensa na farra

Pobrinho, mas super limpinho
Super limpinho e todo arrumado

É sexta, promete a tardinha
Após a labuta co'a rapaziada
Se estende por mais dez na cama
Acorda com olheira e baita ressaca

Adentra o fim de semana
Como hoje é sábado, é pura gandaia
Se esbalda com o churrasquinho
Litros de cerveja, acaba chapado

Pobrinho, mas super limpinho
Super limpinho e todo arrumado

Domingo, se arruma pra missa
Com filhos, sobrinhos, penca de enteados
Despenca de lá pra pelada
Termina encardido, camisa rasgada

Pobrinho, mas super limpinho
Super limpinho e todo arrumado

Pobrinho, mas super limpinho
Super limpinho e todo arrumado

Delayne Brasil

No rio raso da rotina imposta, irrompem eventos, grupos, movimentos no rumo oposto das águas insossas e frias. Os oito anos do evento Ponte de Versos *são uma prova da boa engenharia poética: ponte firme e flexível, onde os corações se embalam.*

Delayne Brasil nasceu em Seropédica, RJ, e cursou Letras na UFRJ. É integrante do grupo *Poesia Simplesmente*, com o qual publicou dois livros, em 1999 e 2001. Participou de diversas coletâneas e publicações literárias. Musicou poemas de autores consagrados e contemporâneos, lançando, em 2003, o CD *Nota no Verso*.

ENGENHOS

Para Márcio Carvalho e Tanussi Cardoso

Há uma terra fértil
nas entranhas deles dois

Um amor que é aragem
aroma que se esparrama
em gomos de afetos

Nas entranhas deles dois
brotam versos
mágicas engrenagens

São engenhos carrossel carruagem
silêncio pegadas miragem

Terra fértil, estes homens
que se doam sem moeda
de cobrança

Moinhos de tenros ventos
semeando verdade e esperança

Nestas veias, um sangue
sem vergonha contagia
quem está perto

Um mar aberto
e, lá no fundo,
a terra fértil

BEBIDA NOBRE

Da pura uva o vinho é cura
quando se toma em poucas doses
Mas a vida quer, às vezes,
a desmedida:
pede um porre
Sábio será quem desta mistura
fizer bebida nobre

SORTE

Nada acalma o breu que há no ser:
há uma luz breve,
mas, de novo, ele se ergue

Nada acalma a luz que há no ser:
há um breu breve,
mas, de novo, ela se ergue

RESSACA

Depois de beber o encontro
nos goles dos anos,
a embriaguez do desgosto
virou ressaca:
eu e sua casaca do avesso

E o vômito do fim
sem recomeço

AÇOITE

O açoite da solidão vibra na casa:

Ecoa nos vidros embaçados
Espalha a poeira dos símbolos
Suja as roupas mal passadas
Revira as páginas dos livros

Mancha o cômodo da calma
Arranha os sons dos discos
Mastiga os sonhos aos pedaços
Quebra, dos retratos, o sorriso

Desenterra o vazio
Bate na cara do alívio
Corta a carne dos laços
Arranca a quietude dos semivivos

Marca a pele da sorte
Lembra, em nós, o inimigo
Sangra a boca da morte
Lambe o osso da vida

Denizis Trindade

Saímos, eu, Cairo e Sady para negociar um sarau com os donos da livraria Ponte de Tábuas e, nessa noite, oficializamos a Ponte de Versos. *Hoje, na Livraria DaConde, a* Ponte, *comandada por Thereza, penetra na grande área e faz gols de placa. Show de bola!*

Faz parte da *Gang*, grupo que revolucionou os recitais e o movimento poético nos anos 80 e, nos 90, fez parte dos *Descaravelados*. Atualmente faz performances poéticas com Cairo Trindade, com quem compõe a *Dupla do Prazer*. Tem poemas publicados em jornais, revistas e antologias, e dois livros solo: *Sessão cabacinho, Book New Look*, além do inédito *Água na boca*. Facilitadora Didata de Biodanza, ministra vivências para grupos de poesia, de teatro e empresas.

ÁGUA NA BOCA

degusto o poema
ao som de uns blues

sorvo seus versos
se a sede seduz

bebo as palavras
que ele traduz

delicias de tons
delírios de luz

gozo o poema
e acabamos nus

TRANSE

anjo de olhar penetrante
mãos divinas, mãos de amante

anjo de boca sedenta
sabor de céu e de sexo

anjo de corpo fremente
querubim-demônio-gente

membros vorazes, viris
alma e voz de poeta

meu anjo, você me liberta
me leva ao desvario

e eu me sinto uma santa
no cio

FOGO-FÁTUO

poema das paixões proibidas

vezenquando
corpos sedentos
famintos

vezenquando
desejos incêndios
instinto

vezenquando
suspiros sussurros
horas de prazer

vezenquando
luzir, gozar
enlouquecer

de vez em quando
morrer

Eduardo Tornaghi

Inusitada ponte em círculo, plataforma de lançamento das antenas da raça, versos destravadores de reversos. Ponte, pista, decolagem.

Eduardo Tornaghi, ator, militante e agitador cultural. Ao abrir espaço para a poesia falada foi inoculado pelo prazer de escrever. Estimulado por Cairo Trindade, vem, desde 2006, passando para o papel seu prazer de brincar com sonoridades e significados da língua.

CURRÍCULO

Soneto sincopado

Já soquei tijolo, já virei concreto
Já comi do bom e já pastei sem teto
Já passei vazio, já sonhei repleto
Só me falta chorar pra ser completo.

Já banquei o bobo me pensando esperto
Já fechei a porta e inda restei aberto
Já comprei a banca – já fui objeto
Só me falta chorar pra ser completo.

Já plantei a dor achando ser correto
Já tive razão mesmo sem estar certo
Já me fiz sublime – já fui abjeto.

Já clamei por voz em um pleno deserto
Já me atrapalhei com tudo que é afeto
Só me falta chorar pra ser completo.

WIT

As coisas não são o que vemos
As coisas nem são o que são
Toda certeza que temos
É vaidade
Qualidade do que é vão

HÉLAS

Ô vida engraçada
Sem dor, vale nada

HEDONISMO

À minha frente à esquerda
A minha frente esquerda
Imagem invertida
Apenas um duplo
Amor limitado
Coisa pouca
Espelho só se pode beijar na boca

NA PISTA

Pros brothers

Não se iluda
Eles são desagradáveis
E sujos
Atrevidos
Agressivos
Cheiram mal
São cheios de doença
Mas, que diabo, são gente!
São eles o semelhante

Portanto

Não se iluda
Nós somos desagradáveis
E sujos
Atrevidos
Agressivos
Cheiramos mal
Somos cheios de doença
Meu Deus, minha gente,
Somos nós os semelhantes!

SONETILHO

em redondilha maior

Sinto-me fora do mundo.
Mentira. Não sinto nada.
Sinto, sim, que estou imundo.
Eu sentira a coisa errada.

Estar sujo é estar imerso
Em tudo que é de mais real
Decantar o real em verso
Faz diverso o que era igual.

Problema é não ser poema
O vazio que sinto e me dói
Por mais que rebusque o tema.

Sendo ele vazio, se esvai,
Some pra fora de cena,
Só sobrando o que me rói.

SINGULARIDADE

– ALUMBRAMENTO –

Para Manuel Bandeira

Abriu-se um espaço no tempo
Abriu-se um tempo no espaço
Deu-se um silêncio no vento
Deu-se inequívoco passo.

O espaço de tempo que é tempo
Bem antes de ser espaço
Expandiu um ponto lento
Pulsando tornou-se "Eu faço".

E fez-se o universo imenso
E fez-se o calor do abraço.

Elvé Monteiro de Castro

Debaixo de uma ponte de versos,
navega um barco cheio de poetas.
Ele vem de uma ponte de tábuas
e mergulha num mar de poesia.

Nascido no sertão das Minas Gerais, em 1932, reside no Rio há mais de 40 anos, já meio carioca, mas sem perder o sotaque, casado, com um filho e três filhas, todas lindas, e sete netos, muito mais ainda. Publicou *Quases* em 2002 e *Pele e papel* em 2007. Freqüenta os principais saraus de poesia do Rio, classificou-se em 1º lugar no III Festival de Poesia do Sindicato dos Escritores (RJ), de cuja diretoria hoje faz parte.

METÁFORAS

Digo *"SOL!"* – minha amiga entende sol;
e eu quis dizer: beleza, girassol.

Digo *"NOITE!"* – minha amiga entende noite;
mas eu quis dizer: medo ou açoite.

Digo *"AZUL!"* – minha amiga entende azul;
mas eu quis dizer: céu ou sul.

"PERFUME!" – minha amiga entende perfume;
eu quis dizer: eflúvios do ciúme.

Digo *"LUA!"* – minha amiga entende lua;
mas eu quis dizer: sonho vê-la nua.

Digo amor – minha amiga entende *"BEM!"*
eu levo um susto, não entendo, e digo:
"VEM!"

QUANDO EU ERA MINEIRO

Na escuridão da noite eu estava poetizada.
Adélia Prado

quando eu era menino vivia em estado
de poesia pura
de pés no chão pisava o barro a lama areia
e até a pedra dura
cabeça ora no sol ora na chuva
a vara de ferrão no ombro riscava o céu
e eu com poderes de guia-de-Deus
era guia-de-bois com vara de condão
três juntas caminhavam sonolentas
de olho vago no chão
sob o peso da canga obedientes
sonhavam com a cantiga do eixo do carro
no aperto dos mancais
e o menino guiava a carga potente
sem nenhuma consciência de suas poesias
tão sobrenaturais

NÓIA FREUDIANA

Vim do ventre quente da galáxia-mãe
– *eterna noite escura de meus sonhos;*

vivi com minha doce ama-de-leite
– *oh céus, jardins do éden e do paraíso;*

embriaguei-me com o perfume de seus hormônios
e a beleza de lábios carnoso-vermelhos
– *treme terra, lança vulcão lavas de fogo;*

afoguei-me nas carícias de longos dedos
e no calor de dois macios seios
– *música de ninfas, musas e coral de anjos;*

condicionei-me com o vício do amor
e condenei-me à busca insana e incessante
de prazeres inexistentes e inebriantes
– *todas as trombetas dos arcanjos espargem sons alucinantes.*

Flávio Machado

"Os poetas contemporâneos são guerrilheiros", já disse Leila Míccolis. Há os blogs, sites e inúmeros saraus no subúrbio e Zona Sul. Assim podemos mais e a reunião de poemas em antologias torna-se uma "ponte de versos" entre os poetas e o público.

"Poeta suburbano", nascido em Marechal Hermes, RJ, em 4/02/1959, começou participando de festivais de música e concursos de poesia, no início dos anos 80. Publicou em diversos órgãos da imprensa alternativa, como *Tribuna do Norte, Galope Poético, Poemas do Poste* e no Suplemento Literário do *Jornal de Minas*, e em publicações nos EUA, França e Argentina. Publicou *Sala de Espera* em 2003 (Editora Blocos) e venceu o Prêmio Blocos de Literatura de 2002.

INSPIRADO POR GARCÍA LORCA

verde que te quero verde, verde, verde

bailam sob o calor das luzes

cães vagabundos
porcos da rua torta
anjos que não nos encaram
monstros de óbvios pesadelos
meninos de efêmera trajetória

a ciranda abraça a praça
poeira grudando nas paredes da igreja matriz
cordas esticadas das gargantas cortadas
a música regendo o passeio dos pássaros

a morte de asas púrpuras em negro corpo
o fardo da existência
pedras rolando
saltimbancos em romaria medieval
cavaleiros armados de cruz e espada
combinações de astros alinhados

a poesia de García Lorca escapando ao pelotão de fuzilamento
avançando pela manhã de desencantos
a estranheza dos desígnios
proximidade dos últimos dias
antecipando o sofrimento da falência geral dos sentidos
tortura diurna
proclamando arrependimentos tardios.

COM A SUA PERMISSÃO 13

Sou nau sem rumo
invado oceanos inexplorados
como um antigo navegador
velas infladas, bússola invertida

meu caminho para as Índias
não tem especiarias
passa por desertas praias
utópicas ilhas
náufrago sem socorro
sem direito a hollywoodianos roteiros

minha viagem de circunavegação
termina no horizonte de **teus** olhos
sem descortinar novos mundos
sem aves que anunciem a proximidade de terra segura
sem primeira missa
sem florestas e montes Paschoais

Invado oceanos pacíficos em guerra
atlânticos da morte
com a nau sem rumo do meu destino
sem aventura
sem ventura
sem reis
desprovido de colônias
abandonado por Deus
nesta trajetória de improvável sucesso.

SONHOS DE KUROSAWA

não vou te mandar as orelhas do auto-retrato
nem poemas embalados para presente
vou te presentear
com a chuva
com o arco-íris
visões do fim do mundo
um campo de trigo em flor
ainda que não seja tempo de plantar trigo.

APONTAMENTOS SOBRENATURAIS

Mário Quintana de vez em quando
me acorda na manhãzinha de minha infância
e saímos por uma estrada deserta

Caminhamos lado a lado
no meio de uma explosão de cigarras
Transforma-se em meu avô inventado
contando histórias iluminadas
Depois tudo retoma sua objetividade burra

Mário Quintana esconde-se na estante
enquanto eu levanto com os pés empoeirados.

Gean Queiróz

Aterrissei nesta cidade trazendo meu primeiro livro debaixo do braço, e o primeiro lugar onde fui recebido e valorizado foi no Ponte de Versos, *no Jardim botânico, foi caloroso e imprescindível para que eu agarrasse força e determinação para espalhar minha poesia por este Rio de Janeiro. Já se passaram sete anos e aqui estamos juntos atravessando todas as pontes, derramando versos pelas correntezas da sensibilidade.*

Gean Queiroz é escritor e ator, amazônida por natureza vive no Rio há 7 anos. Tem dois livros de poemas publicados, *Fúria, pólvora e escracho* e *Um macuxi na Escandinávia*, e organiza o lendário evento de poesia multimídia "Versos da Meia-Noite".

O SOM DO GRITO

Para Tico Santa Cruz

Onde você estava quando tudo foi dito?
E quem vai dizer o que todos precisam ouvir?
O que ficou esquecido
Em algum lugar do caminho
O que foi tantas vezes repetido
Mas tão poucas vezes entendido
Você precisa ouvir o que eu digo
Eu preciso dizer o que eu sinto
Todos querem ser ouvidos
Poucos têm algo a dizer
Onde você estava quando explodiu o grito?
Já faz tempo que eu insisto
No que eu sinto que eu preciso
Quantas vezes temos que repetir
O que as pessoas insistem em não ouvir?
Por quanto tempo temos que calar
Pra que alguém um dia possa escutar?
Qual a distância que o teu grito alcança?
E o choro de um bebê?
O silêncio de uma lembrança
A dor de uma mãe
O sofrimento das crianças
O som da fome não move as montanhas
Todo mundo sabe
Tudo já foi dito
O vazio não cabe no infinito
A indiferença não preenche o grito
Quantas vezes um homem precisa chorar
Antes de gritar?
Quem vai enxugar a lágrima
Antes da explosão?
Quem vai ouvir o som da chuva
Antes do trovão?
Você precisa chorar às vezes
Você precisa sentir a chuva no rosto
A lágrima tem o gosto

Da voz do coração
E é lá que está a razão
Do que eu digo
Do que eu sinto
Que não foi ouvido
Que virou silêncio
E tornou-se grito
Que explodiu por dentro
Até quando a humanidade vai sufocar
A voz do sentimento?
A resposta, meu amigo,
Perdeu-se no vento.

Estocolmo, 14/06/2007

CABOCLO PUNK

entrar na floresta de pés descalços
e correr livre pelo mato
subo na árvore
e danço um rock com os macacos
crina pintada de vermelho
urubu planando no alto
orquestra de bichos na alma
guitarra tatuada no braço
sou caboclo punk
na selva de pedra
jaqueta de couro de onça
com cheiro de peixe e bafo de erva
comigo não tem terror
tô no sol da meia-noite
com meu ray-ban de camelô
de tarde preguiça na rede
de noite forró na chuva
heavy metal na madrugada
rolo na grama
durmo na rua

e acordo com o sol na cara
minha raiz é coisa brava
sem essa de etnográfica
da Amazônia pra Escandinávia
nenhuma ciência me alcança
sou caboclo punk
mato a cobra e encho a pança
caminho por entre os prédios
mas sei o valor da natureza
minha pele é morena
meu teto é o céu
os pés fincados na terra
a lua embaixo do chapéu
vou rompendo a mata adentro
chutando lata lambendo o vento
autoridade nenhuma me assusta
eu não tenho documento
minha assinatura é o solo do meu instrumento
minha casa já foi cenário de muita exploração
por isso cuspo no homem
tô cagando pra multidão
que derruba a árvore
e mata o bicho em extinção
vou bater cabeça a noite inteira
pra esquecer de tanta raiva
dessa gente sem coração
sou caboclo punk
bateria ecoando na imensidão
uivo de fúria na mata
descanso na beira do igarapé
água doce pra curar ressaca
larica de tucunaré
sou caboclo punk
na selva de pedra
jaqueta de couro de onça
com cheiro de peixe e bafo de erva
comigo não tem caô
tô no sol da meia-noite
com meu ray-ban de camelô

Gilson Maurity

Esse grupo nascido em 1999 tem uma história brilhante: por ele passaram vários poetas modernos e até hoje tem seus encontros recitatórios. Foi formador de excelentes poetas a partir do fim do século XX, coordenado por grande parte do tempo por mim, Ricardo Ruiz e Thereza Motta. Este ano a Ponte faz oito anos de idade!

Gilson Maurity é um velho poeta, mas que só foi publicado aos setenta e tantos anos. Quatro livros de poemas, um livro de pensamentos e uma tradução de *Poemas em Prosa* de Charles Baudelaire, além de outra, ainda não publicada dos *Derradeiros Poemas* de amor de Paul Éluard.

COMO REDONDILHA SURPREENDENTE

Não estou tão certo assim
do que sentes por mim.
Tuas palavras vêm
com os verbos que contém
a sugerir segredos tais
que me abalam demais.
Não consigo acreditar
no que vou ouvir
no que posso achar.
Pois tem um sim de amor
e um não junto a compor.
É que não sabes em si
as coisas que sinto por ti.
Os sonhos que me venham ao dormir
as lembranças do teu sorrir.
Ou as formas que no corpo tens
nos gestos, nas falas, nos poréns
puxando para onde fores,
só no olhar, teus ardores
de viver, de saber, de me ver,
de trazer, de fazer e reter.
Confesso que me espantei
pois que sempre de longe fitei
tua enorme beleza
que me lembra certa reza
confessando todo o amor
com palavras de louvor
que fui juntando pra ti
desde quando te vi
mulher feita e tão bela
como as cores de aquarela.

E, de repente, num susto, me dizes com todo zelo:
– Que faço pra sempre vê-lo?

CANTADA

Mulher adorada
vive sem medo
apropriada
no seu segredo.

História antiga
com pouca intriga
de mulher casada
apropriada.

Não se envelheça
nunca se esqueça,
menina amada,
mulher casada.

Que muda, a vida
desprevenida,
mulher casada,
baratinada.

Então a gente
maledicente
não vê mais nada,
mulher casada?

Não me acuse
não me recuse,
mulher casada,
apaixonada.

Deixe de lado
todo esse enfado
ouça o que eu digo
venha comigo.

Sou seu querido

topo a parada
viro marido,
mulher amada.

LACANIANA REDONDILHA

Para Mônica Montone

Um dia eu vou te ver
mas como ainda não sei
sei sim que te olharei
fascinado e sem saber.
Mas com tal força e maneira
que hei de dizer com os olhos
as coisas tuas que quero
(que são minhas sem querer).
Como tolo é bem verdade
como um doido em liberdade.
Não sei quais são as palavras
e como a ti vou dizer
se tu chegares a ouvir
e puderes me entender.

Gustavo Paes

O movimento poético, qualquer que seja, é fundamental, não só como uma forma individual de expressão, mas também como uma maneira de socializar escritores e torná-los conscientes do que está sendo produzido atualmente. A Ponte de Versos *é um dos eventos culturais que visa incentivar esse encontro entre poetas e poesia.*

Nasceu no Rio de Janeiro, em 29/09/1987. Poeta, cursa a Faculdade de Letras na PUC. Lançou seu primeiro livro de poesia, *Mar & Versos entre Amor & Armas* (Ibis Libris) em 2006.

LÁGRIMA

Gotas pela janela,
Já é noite...
Tempestade.

Mais pesado é o que nasce dos meus olhos
E escorre pelo meu rosto.

in *Mar e Versos entre Amor e Armas*, Ibis Libris, 2006

DÚVIDAS

Como um poeta pode dizer o que sente
Se pode inventar tudo do nada?
Como acreditar no que diz, se mente,
Se a imaginação é sua companhia amada?

Como dizer que, agora, é tudo diferente,
Se ele pode escrever sobre luz na madrugada,
Fazer de um jardim um deserto permanente,
E transformar o amor no pó da calçada?

Em seus olhos encontrei abrigo,
Como em seu sorriso descobri a paz,
Queria ser a mais pura brisa, o vento,

Para tocá-la por inteiro sem qualquer perigo.
Será que, algum dia, serei capaz
De separar o que sinto do que invento?

in *Mar e Versos entre Amor e Armas*, Ibis Libris, 2006

ESTAÇÕES DE SOLIDÃO

Primavera, as flores, jardim coberto,
Tudo lembrava as nossas velhas fugas.
E, como se brotassem as verrugas
Sob a pele, o jardim vira deserto.

No verão, falsas lágrimas enxugas?
Eu, sobre as minhas lágrimas, desperto,
E o meu coração próximo está perto
Do sol, como a velhice está das rugas.

Velho, mas não reclamo do abandono,
Pois, quando sento no banco da praça,
Enxergo as folhas caindo no outono.

E no momento de frio, calado,
Acredito que em tudo ainda há graça...
Pode o morto lembrar o seu passado?

Heloísa Igreja

O movimento poético em efervescência na cidade do Rio de Janeiro é um contraponto à violência, consegue manter viva a esperança e a certeza de dias melhores, além disso, cria a oportunidade do encontro e de conviver com uma realidade de paz e beleza que toda a Sociedade gostaria de vivenciar, como sempre acontece no evento Ponte de Versos.

Heloisa Igreja é carioca (espécie em extinção), vem dedicando sua vida aos estudos de Pedagogia, Português e Literatura e Filosofia, vertentes que lhe conduziram à Poesia. Deste modo acalma seu espírito inquieto pela necessidade de entender o mundo.

RECEITA PARA PROBLEMA DE SOLUÇÃO IMPOSSÍVEL

Deixe-o nas mãos da rotina, antes
coloque-o de molho no dia-a-dia
enxágüe-o na corrente de água limpa
ponha-o para secar semana após semana

Enquanto isso
abra outras janelas da vida
cultive flores
levante a cabeça e olhe o céu

Logo perceberá que o problema
perdeu a importância
esvaziou-se
foi engolido pela rotina

CONTRA A VIOLÊNCIA

Existe uma saída
o olhar
a compreensão
o entendimento do belo

O belo tem o sentido
de justiça
de equilíbrio
de perfeição

O belo possibilita
o transbordar da emoção
o aflorar do conhecimento
o desejo de ser igual

O belo é puro respeito
ao amor
à vida
ao universo

SILÊNCIO

Calaram
a opinião pública
a vontade esclarecida
o critério de justiça

Meios que permitem a sociedade
avaliar uma situação
desfazer um mal-entendido
evitar a consumação da maldade

Sem a presença ativa
da opinião pública
da vontade esclarecida
do critério de justiça

Na humanidade
a violência cresce
o caos se instala
o homem caminha sozinho

REFLEXÃO

Não tem jeito, ou já se nasce moço, ou já se nasce velho.
Maria Antonia Bouzón, artista plástica e poeta

Quem nasce moço
mantém a garra
conserva a curiosidade
vive sem lamentar o tempo

Quem nasce velho
limita o próprio espaço
fecha-se em si mesmo
teme o espelho

Já quem nasce moço
vive cada minuto
brinca com o tempo
vê os dias como se visse pérolas

Quem nasce moço
aceita o novo
levanta os ombros
sustenta o brilho no olhar

CHAMAM DE AMOR

Não é amor
o amor que termina
o amor que engana
o amor que faz sofrer

Pode não ser amor
o amor sonho
o amor ilusão
o amor fantasia

Quando provoca
loucura
solidão
vazio

Desse amor
fujo
fecho os olhos
finjo feito criança

João José de Melo Franco

Cheguei ao Rio e vi que chegara através de duas pontes: a primeira, íntima, foi uma ponte afetiva e, junto a esta, uma ponte de versos, onde poetas e irmãos cantam de frente uns para os outros. Sem essas duas pontes não há para mim o Rio de Janeiro.

Nasci em Barretos, em 1956. Vivi a maior parte dos meus anos na cidade de São Paulo. Hoje, vivo no Rio de Janeiro. Estudei o que tive de estudar e um pouco além. Mas tudo não passou de pretexto para ler e, nos aléns, ler mais. Trabalhei para sustentar o corpo e as coisas a ele imediatas, quase sempre como publicitário e cineasta, sem orgulho nem desprezo. Atualmente, trabalhando como editor, sinto mais utilidade em trabalhar e, excetuando a poesia, o resto é paisagem.

Os bons poemas vão para céu!
Não o papel onde o poema é escrito,
mas o que nele é a voz generosa de uma outridade,
que só o poeta escuta e, às vezes, vê.
E é isso que é a metáfora!
Metáfora é quando o poeta ouve e vê,
de uma só partida, a voz do outro, num rosto desconhecido,
que chora ou ri, familiarmente.
E onde se lê família, leia-se humanamente.
Sim! Porque a poesia nada mais é do que essa coisa coletiva
que, passando pelos rostos, passando pela carne dos homens,
soa como um canto mimético, que chora ou ri, tanto faz,
a voz do outro, que canta para o outro a voz de todos.
E é assim que os bons poemas vão para o céu.
Andando, de homem a homem, o eterno canto da eternidade.

In *Caderno de Anotações* – 2007

TODA POESIA É A IRMÃ ANALFABETA DO HOMEM.
Nasceu do espanto de ver as cores do mundo.
Nasceu da sensação que o mundo dá ao olhar e ao corpo.
Nasceu da presença de um mundo que às vezes é quente, às vezes é
frio,
tantas vezes é bom e onde há sempre o perigo, o risco e a escolha.
Mundo por onde ir ou ficar, mundo de ser o dia ou ser a noite,
mundo de haver fome e o que dê para a boca ver e com os olhos
pensar,
mundo de cheiro entre os cheiros e a decisão nascida do cheirar.
Nasceu sobretudo da mensagem que o mundo traduz
no vento e na chuva, na água que corre no leito e no vôo da nuvem
sobre a planície,
na cópula da sombra e da luz, da montanha e do mar, no grande
sexo do azul e do ocre,
e no alarido por onde a manhã, a tarde e a noite escoam, se
repetem e retornam.
Assim a poesia foi nascendo, inculta, insabida, impensada...
Em torno das fogueiras, prelúdio do sol, na beira dos rios, roteiro
do tempo...
E em toda vez que foi nascendo, se inscreveu na memória e na
matéria,
porta da vida que encarnou-se vívida, e o mundo foi chamado de
mundo,
e o homem, o homem vivo do mundo.
Em todo poema que nasce há a repetição deste fato,
ainda que agora se dê sobre o papel, na escritura da palavra, no
ávido gabinete,
na porta do boteco, na biblioteca ou na ante-sala do puteiro.
O mundo nada mais é do que o olhar-meretriz do poema humano.
E nada há no mundo para se concluir sobre a entrega dos poetas e a
inspiração.
Há somente a lição companheira,
que se lembra mundo, que repete o mundo e o homem vivo,
e lança a vida, como um beijo, contra a insondável fenda da morte
e do amanhã.

In *Caderno de Anotações* – 2007

As mulheres das páginas pornográficas são fortes e sempre são passivas.
Deve ser por isso que não sentem dor.
São como um açougue onde não se corta carne.
No entanto, evocam o sangue das carnes cortadas,
no serviço cotidiano das ereções matinais, na proteína suculenta das horas lânguidas,
e juntam o sêmen de um batalhão de desesperados
e dão a ele a aparência de um cérebro bovino, a iguaria dos famintos,
que é prometida no convite, mas que, dessabido, é ingerida pelo próprio gado.

As mulheres das páginas pornográficas não têm cancro, gonorréia ou sífilis.
Estão longe de ser comuns prostitutas, e daí que não usam os pólipos de Vênus
e está claro que nunca morrerão
em decorrência da Síndrome da Imuno Deficiência Adquirida.
O cancro, a gonorréia, a sífilis, a Síndrome,
essas coisas são coisas de gente comum, essa gente que, inclusive, um dia morre.
Porque nunca que as mulheres das páginas pornográficas
passam por essas coisas insalubres, que soam a pobreza, a doença e morte.
Deve ser por isso que nunca as encontro.
Eu as procuro, creiam, mas jamais com seus corpos deparei nos caminhos desse mundo.
Deve ser por isso que não sentem dor.

Dor é o que sente esse meu coraçãozinho de São Sebastião,
crivado das flechas do trabalho, crivado das flechas da usura,
crivado das flechas de um destino sórdido, no devir da aurora.

In *Uma flecha para São Sebastião* – 2008

João Luiz de Souza

Oito anos promovendo travessias e encontros entre poemas, textos, pessoas e suas re-significações da vida. Assim é a Ponte de Versos, *e continuará sendo, pois há muita gente ainda precisando fazer a travessia para o reino das palavras encantadas e instigantes.*

Gonçalense, filho de João e Manoelina, afilhado de Florinda e Antonio Luiz, quatro pessoas que o incentivaram à leitura e à curiosidade. Trabalhou com Darcy Ribeiro, Ezequiel e Graça Matos, todos os políticos (sensíveis) progressistas que lhe ensinaram a levar caneladas, mas persistir na caminhada. É assessor de cultura da Universidade Salgado de Oliveira – UNIVERSO, onde atua coordenando uma série de programas de incentivo aos prazeres da escrita e da leitura.

POEMA-PRECE

Oh, mãe dos tempos vividos,
desde que o espírito de Deus pairava sobre o vosso ventre,
útero pleno.
Somos filhos à mercê das marés
e dos trejeitos da lua.
Oh, mãe das ondas,
tende piedade de nossas areias,
onde os homens trabalham,
as mulheres alinham nos seus teares
e as crianças uniformizadas
brincam o jogo de esperar ser gente grande.
Oh, mãe, das tormentas e das delícias,
bolsa que nos banha nos primeiros meses.
Tende piedade dos povos,
todos os vossos rebentos.
Eles têm sede de equilíbrio e justiça
– não são eles, as gentes das ruas, os seus algozes.
Oh, mãe das mais lindas praias, rios
e dos mais desafiantes oceanos,
tende piedade da vossa porção terra,
casa dos berços, fogões, crianças e velhos.
Oh, mãe de todas as coisas,
de todas as coisas sob o zelo evolucionista,
coordenado pelo espírito sagrado
da inteligência suprema
que chamamos Deus!
Piedade!
Oh, mãe das águas,
Yemanjá-Oxum que reverenciamos.
Não queremos os lares burgueses,
os amores burgueses,
os anseios burgueses,
as chapinhas baianas,
o carro do ano para enfeitar a rua,
o orgasmo lânguido das sereias.
Pedimos à Deusa do Panteão brasileiro,

criação da nossa devoção e amor às águas,
que abrande todas as iras
e não nos permita sobressaltos.
Piedade!
Vós sois o sagrado templo do início da Vida
e não os caudalosos umbrais da morte.
Piedade, Deusa soberana do Brasil.
Conduzi-nos à calmaria do vosso ventre amoroso!

TECELÃ DE TRAMAS E PALAVRAS

Para Maria Adelaide Amaral

Dá-me licença, senhora.
És tão nobre camoniana,
que não me atrevo a um poema,
apenas,
uma saudação.
És deusa atlântica,
musa dos pampas,
cunhantã de tantos pajés,
diva modernista,
Penélope a tecer tramas de devassidão
das "estrelas solitárias".
Oh,
doce Maria dos Dramas,
transcrições,
releituras,
revelações
e reinvenções de tantas
vidas arquivadas.
Oh, Adelaide,
que não temes ir e vir do Hades,
trazendo boas novas dos seus cativos.
Oh, Amaral,
amas tanto o teu povo,
os seus feitos,
as suas glórias e epopéias,
que não te importas em ser
daqui ou dali.
És senhora domadora do tempo,
garimpeira de vidas e de palavras.
Tu, sim, estás no panteão
dos que insistem em descobrir o Brasil.
Tu, sim, és a grande dama do Atlântico!

Niterói, madrugada de 28/02/2005

João Pedro Roriz

A Ponte de Versos *foi um dos primeiros eventos que conheci. O movimento poético é um convite diário à troca de idéias entre intelectuais e artistas cariocas.*

João Pedro Roriz é ator, escritor, pianista e jornalista. Nasceu em Niterói em 1982, e já trabalhou em espetáculos teatrais e em televisão. Publicou *A poesia teatral* (Ibis Libris, 2006) e *Liras dramáticas* (ViaNapole, 2007). Colabora nos sites *O portal que acontece*, *Baratos e afins*, *Alma de poeta* e *Arte com vida,* e na revista *Mandala*. Coordena a *Oficina Literária Novos Autores* e o *Sarau Literário – Um Castelo de Palavras*, ambos no Centro Cultural Oduvaldo Vianna Filho (o Castelinho do Flamengo), no Rio de Janeiro.

BARCAROLA GREGA

Com seus cânticos de guerra,
o mar, guerreiro-atlântico,
enfurece-se no horizonte.

Sob a arquitetura do cruzeiro,
atrai para perto dos faróis
– como um parco inseto a um luzeiro –
o barco de Odisseu e outros heróis.

O mar, embevecido de poder, feito um arconte,
encerra a vida de alguns jovens marinheiros.
Atira-os às pedregosas encostas de uma cidade
e no final da odisséia,
encomenda ao grande Homero
– gondoleiro de transporte à eternidade –
uma linda epopéia, de caráter austero,
que os leve ao Reino da Morte.

ACALANTO

Meu filho, quando, no calar da madrugada,
fenecer os seus sentidos, sorria!
Pois este que lhe fala,
chorou suas noites amarguradas,
por não ter tido a sorte
de empenhar a morte
nos braços do pai querido!

Se a sorte deixar-lhe o peito
e, num gracejo do destino, o medo
aprisionar-lhe ante os portões do paraíso,
saiba que, ajoelhado em prece,
ao lado de seu leito, farei um pedido:
que entre um choro e outro, dê um sorriso
nos braços do pai querido!

Meu filho, durante a noite,
a alma brinca na imensidão do céu.
Roube, de açoite, uma estrela cadente,
ou experimente no escuro contar planetas a granel.
Tal qual um anjo caído,
seu sorriso estará seguro
nos braços do pai querido!

EPITÁFIO

por favor
sem sombras ou amparos de inúmeras feições
sem brados desmontados de queixos caídos no chão
nem risos de um escárnio ou gritos de horror
tampouco o silêncio odioso entre uma ou outra oração
por favor

só lendas e sendas de um vibrante trovador
bocas cantando os versos de uma canção
dedos volitando pelas cordas de um violão
e alegria, nostalgia, sem medo, angústia ou dor
por favor

in *A poesia teatral*, Ibis Libris, 2006

Jorge Ventura

A Ponte de Versos *será sempre minha referência. E para quem freqüenta a* Ponte *desde 2000, sabe exatamente de quem e do que estou falando: de poetas e amigos, de amor e devoção, numa só travessia.*

Nascido no Rio de Janeiro, é poeta, ator, jornalista e publicitário. Um dos diretores de Comunicação Social do SEERJ (Sindicato dos Escritores do Estado do Rio de Janeiro), já publicou em poesia e prosa, *Turbilhão de Símbolos* (2000) e *Surreal Semelhante* (2003), pela Imprimatur. Lançou, em 2006, seu primeiro ensaio jornalístico, *Sock! Pow! Crash! – 40 Anos da Série Batman da TV*, pela Opera Graphica Editora, São Paulo. Diretor de criação e redator publicitário, é professor de Comunicação e consultor de marketing.

A FARSA E A FORÇA

Guardo cinco segredos
nos dedos desta mão.
Faço a soma dos medos
na folha de urtigão.
Tudo à volta entristece:
o ermo,o solo,o entrevero.
A farsa face a face
com a força mais fere.
Face invertida e falsa,
a façanha da foice.
Nem a farsa falsete,
nem a força forçada.

Há a recusa do chão,
só uma face ferida.
A farsa contra a força
é poesia impune.
Mas peço um canto santo
onde tão dura a farsa,
onde tão lume a força.
A fé já não me aplaca.
Ponto de desencanto,
eu canto minha prece
bem na ponta da língua,
bem na ponta da faca.

Finalista do X Concurso Nacional de Poesia Francisco Igreja – APPERJ (set/2005) e do I Concurso Carioca de Poesia, promovido pela ABRACI (Associação Brasileira Sócio-Cultural de Apoio à Cidadania) com o apoio da ABL (dezembro de 2006)

CULPA

Tecido raro,
última moda.

Corpo coberto
de pano e culpa.

Mentira e classe,
dono da rua.

De mais a roupa,
de menos o homem.

DE ÁGUA PARA VINHO

Chego a saciar a sede ao beber tua noite.
Vinho tinto e rascante nas lentes da taça!
De alegria e carne exponho a boca cheia.
Todos os teus desejos são minha graça.

Mordo as horas, mastigo o tempo.
Descubro em cada gole o teu segredo.
Não querias um Deus junto a ti para brindar?
Alguém, de entre mitos, escolhido a dedo?

Tintim! Ouço o tilintar de nossos corpos,
volúpias derramadas (tua e minha).
A língua saboreia livre sem tomar fôlego.
Os mágicos prazeres vêm das vinhas.

Uma nova safra nasce neste instante.
Velho moinho em que fui trigo e ora pão,
te dou sustento à luz do deslumbramento.
Apresento o milagre da transformação!

Faço da farra e do amor o meu banquete.
Celebro a vida à mesa farta (uvas e nacos).
Nada mais sagrado, nada mais profano:
o Zé-ninguém de ontem é hoje o teu Baco!

2º lugar no IX Concurso Nacional de Poesia Francisco Igreja, organizado e promovido pela APPERJ (Associação Profissional de Poetas no Rio de Janeiro), em setembro de 2004

Laura Esteves

Estes eventos além de aglutinarem escritores, proporcionam oportunidades para os novos talentos (que de outra forma, não teriam como apresentar seu trabalho) e ajudam na formação de platéias interessadas em poesia.

Nasceu e vive no Rio de Janeiro. Pertence ao grupo *Poesia Simplesmente*, que realiza o *Festival Carioca de Poesia* e o evento *Terça ConVerso no Café*, no Teatro Gláucio Gill, em Copacabana. Publicou *Transgressão* (1997), *O sabor, o saber e o sonho: a fome secular dos Oliveira*, romance (1998), *Como água que brota na fonte*, poesia (2000), *A mulher, a pedra*, contos (2004), *Rastros, poemas escolhidos* (2006) e *O dia em que as mulheres voaram... e outras histórias*, contos (2007). Foi premiada no *Concurso Contos do Rio* do jornal *O Globo* em 2004.

CONSTRUCTOR SUI

Para as mulheres que precisam se construir a cada dia

Trago rugas no rosto, não trago rugas na alma.
Esta, conservo intacta, apesar dos desvarios.
Tratada com delicadeza, aconchego e atavios.
E vou lhe dizer o porquê.
Escute com atenção, o á-bê-cê desta mulher madura,
mistura de santa e puta,
mistura de carnaval e clausura:
meus seios mataram a fome de homens e de crianças;
o ventre, meu ninho/minha gruta, já não tão liso,
gerou os filhos que irão me continuar;
os vincos de meu rosto, uma paisagem
com rios que correm formando trilhas,
são os risos, as lágrimas, as gargalhadas que derramei;
o olhar, um tanto opaco, revela tudo o que eu passei.
Mas estejam certos: busquei sempre a felicidade,
esta estranha palavra que demorei tanto a entender.
Sou ainda a menina assombrada com a vida.
Tenho um coração que palpita, salta, transborda.
Apaixono-me, desmesuradamente, por tudo que faço ou toco:
Bicho, planta, planos, gente.
Sou o sonho, sou o susto, sou mais sábia.
Uma sabiá que pela Via Láctea faz firulas.
Que não teme o novo nem a aventura.
Uma sabiá que faz ninho no telhado.
Se aquieta e aprende com o passado.
Assim eu sou. Eu sou assim.
Um ser que se transforma até o fim.
Que transgride, se acomoda.
E nesta contradição, de maneira surpreendente,
me construo, sempre, sempre.
Eu sou aquela do espelho:
mais gorda, mais inteligente, mais generosa.
Sou importante para alguns, sou importante para mim.
Instauro o meu domínio. Decido até onde ir.
Transgrido. Sofro. Estou viva.

Todos os dramas humanos são meus.
Toda alegria da vida é minha.
Vida, esta grande viagem, dia a dia, mês a mês,
onde somos aprendizes e *PhDês.*
Meu peito caiu? Não faz mal.
Sou tudo de bom. Sou inteira.
Mulher/sabiá-laranjeira.
Mulher/mistério. Abissal.

A VELHA DAMA INDIGNA I

Estou virando uma velha tonta
dessas que dançam no meio da rua
que falam tudo o que pensam
sem meias palavras e sem medida
dessas que xingam, bebem, esbravejam
abrem as pernas e mijam nas calçadas
e gozam com o jorro do mijo
uma velha zureta de rodelas nas faces
que faceira se amostra para os passantes
que teimam seguir adiante
em busca de seus destinos
quietos, solenes, responsáveis
tudo nos conformes
tudo bem planejado
mil vezes minha louca velhice
sem dia, sem hora, sem data
Deus me livre, tamanha cretinice!
Prefiro ser *persona non grata*.

VORAZ CIDADE

Na boca da noite
os anjos vão descansar
e deixam os mortais entregues à própria sorte.

Na boca da noite
a senhora aposentada sai da confeitaria
e, limpando os restos de sonho, vai ao encontro da solidão.

Na boca da noite
a dona de casa liga a TV para a ilusão da novela
e deixa queimar o ensopado, prato real do jantar.

Na boca da noite
os homens encontram-se no bar
e falam de conquistas impossíveis.

Na boca da noite
a mulher veste a camisola vermelha
e, sedutora, espera pelo amante que não virá.

Na boca da noite
as mariposas saem dos esconderijos
e voam errantes buscando a luz.

Tudo acontece na boca da noite.
É preciso ter cuidado...

Leandro Wirz

Versos que são viga, pedra, concreto viram ponte. Versos que vagam no mais curto caminho reto. E vão direto à fonte. Porque a fonte e o fim são sempre alguém além de mim.

Leandro Wirz é carioca de 1968, publicitário, marqueteiro, poeta, roqueiro, flamenguista e mangueirense. Publicou *O livro dos dias* (2005), *Lâmina do adeus* (2002), *Nós & voz* (1993), *O longo etc.* (1989) e *A aurora doeu* (1987). Participou das antologias *Banco de talentos* (2005), *Theatre of the mind* (2003), e *Estações e elementos* (2000), além de revistas e periódicos.

CAMADA

No outono das horas,
as palavras vêm
forrar o chão do corpo.
E este corpo ganha tuas mãos cálidas
e as cores aquecidas dos teus gestos
brotando árvores densas com galhos longos
no espaço em branco.
E como a água mansa corre
suave e contorna a pedra
você cobre viva os dias.
Vem diante dos meus olhos
em sorrisos e sóis
ser a camada sobre a pele
e a pele sobre o mais íntimo.

ERRE

Nascer é uma agressão.
Não basta.
É preciso ir contra e além:
fazer os canivetes da chuva
furarem os olhos do sol.
Saquear as torres de marfim,
tornar o sagrado souvenir
e colecionar risadas.
É preciso ser da tempestade,
braços abertos desprotegendo
o rosto, o corpo, o beijo.
Faça!
Mate o conforto!
E fuja irresponsável e inconseqüente
pelos sigilos da noite.
Fuja da burocracia, da rotina, da rima.
Erre a mão na receita da felicidade
e desande o bolo.
Adicione ódio ao bem-querer,
inverta a direção do olhar,
ignore qualquer conselho, inclusive este.
Não sirva de exemplo, de modelo ou padrão.
Desrespeite a regra e insulte seu autor.
Não poupe, não se preserve.
Descarrile seu próprio trem,
é impreciso perseguir a eterna distância
até a linha do horizonte.
E lembre-se:
só quem se despede,
permanece.

O FINAL

Rasgaremos nossas fotos
e cada um ficará com a metade
em que aparece.
Mas o que fazer com as imagens
gravadas nas retinas?
Não adianta nem furar os olhos.
Não ouviremos aplausos
quando cerrarmos as cortinas.
Talvez um silêncio agudo:
som de quem não tem chão.
Os discos a gente copia,
os livros a gente doa ou queima.
Mas o que fazer dos dias?
Amontoado de horas jocosas
rindo de passados não terminados.
O ócio é o pai do bem, não do mal.
Eu não gosto de luz natural
que invade a poeira da minha sala.
Eu tenho medo de janelas abertas.
Final é sempre algo feliz.
Eu vou ser!

Luiz Fernando Prôa

A Ponte de Versos foi o lugar onde conheci o verdadeiro sentido do termo Roda de Poesia, aquela coisa contagiante onde cada poeta dispara seus versos, numa competição onde o vencedor é o poema. Conheci poetas maravilhosos, muitos que vieram para dar o toque de qualidade do site Alma de Poeta e fiz amizades que duram até hoje.

Carioca, é poeta e escritor. Está presente em várias antologias, jornais e sites de cultura. Produtor e editor do site de cultura *Alma de Poeta* www.almadepoeta.com (desde 2000). Tem dois livros de poesia publicados, *Alma de Poeta* (1999), *Retratos da Alma* (2001) e outros três inéditos, *Visões da Nova Era* (crônicas), *Maria Helena, Aprendiz do Amor* (romance), e *De Braços Abertos* (poesia).

O QUE VALE

sou este que tu vês
com marcas do tempo
completa nudez

me entreguei ao sol
às emoções
à loucura

cada dia
repleto
de rua

toda noite
completamente
lua

sou este que te fala
a cada segundo
mais marcas

entregue a tudo
que ainda valha

um sorriso
um amor
uma lágrima

VORACIDADE

quando quero
quero muito
quero de tudo
o todo

meu prazer
é guloso

meu instinto
faminto

enquanto existo
tenho fome
quero o mundo
até o osso

MÃOS AO ALTO

como desligar o automático
quando no lábio o sorriso
é plástico?

e cada palavra, mesmo sensata
não guarda emoção
é volátil

como voar sem ter asas
– essas que nascem dos sonhos –
quando o chão
é fato?

e toda certeza é não tê-la
toda beleza é feia
e tudo parece
tão chato

não dá para desligar a tristeza
quando ela entra na veia
e nos toma
de assalto

Luiz Otávio Oliani

A Ponte de Versos, *inserida no movimento poético carioca iniciado nos anos 90, registra a essência da produção contemporânea fazendo história.*

Luiz Otávio Oliani é natural do Rio de Janeiro, tem formação em Letras e Direito. Publicou *Fora de órbita* (poesia, Editora da Palavra, 2007). Participou de diversas antologias e tem poemas publicados em jornais e revistas no Brasil e no exterior. Com incursões no teatro e no jornalismo, freqüentou oficinas e atua no movimento literário da cidade desde 1990, período em que obteve mais de 40 premiações.

TERRITÓRIO

O que não sei fazer desmancho em frases
Manoel de Barros

brota em mim o verbo
com suas pessoas

desconjugá-las não posso

em mim
a palavra
se faz morada

HERANÇA

não deixo bens
aos que ficam

de mim
restará a palavra
(antes cinzel)
agora verso
a burilar os homens

DESCOBERTA

nada detém a vida

esvai-se o tempo
o tempo em mim

caramujo do imo
guardo porta-retratos

aqueço a memória:
a infância me foi roubada

FATALIDADE

a vida pulsa em hiatos
e não sei pedir socorro

camaleão fora do ventre
transmudo a cor à revelia

mas a morte não é daltônica

COTIDIANO

há vísceras
em todos os lugares

quem se indigna
diante de quem sangra?

RITO

Para Olga Savary

na urdidura do tempo
tudo flui
num átimo

cabe à vida o fardo
de carregar a lágrima
superposta em cruz

as alegrias não tecem mais
o sentido dos dias
à espera do homem
o inexorável fim

BOEMIA

hoje a lua é verso
de loucos, de putas
e de poetas

hoje a lua é verso
prazer bêbado
regaço

Mano Melo

Mais que um sarau, em seus oito anos de vida, o Ponte de Versos *tornou-se um ponto de referência da poesia no Rio de Janeiro.*

Mano Melo, poeta e ator, interpreta seus poemas em todo tipo de palco. Tem oito livros publicados, os mais recentes, *O lavrador de palavras*, poesia (2000), e *Viagens e amores de Scaramouche Araújo*, romance (Five Star), lançado em 2005.

POEMA DO AMOR ETERNO

Quando durmo,
você está em meus sonhos.
Quando acordo,
também.
No ar que eu respiro,
na neblina da chuva,
eu vejo você.
Nos raios do sol,
nas ondas do mar,
eu vejo você.
Você é uma presença
dentro da minha alma.
Você – a menina logosófica
de ontem
com aparelho nos dentes.
Você – a mulher de hoje,
sábia e independente.

Nas bordas do arco-íris
lá onde o sonho amanhece,
você aparece.
Nas pedras da cachoeira,
à hora da ave-maria,
quando a terra faz suas preces,
você é nítida.

Quando eu estava na Índia
e a solidão me batia,
eu pensava em você.
Na Grécia,
chutando lata
pelos becos da Plaka,
pelas praças de Atenas
ou nas praias de Creta,
eu pensava também.
Em Portugal,

lendo Fernando Pessoa
na Torre de Belém,
você me aparecia.
Em Fortaleza,
na Praia do Futuro.
Em Amsterdam,
nas dunas do passado.

Quando o mundo alucina
e parece que a sociedade humana
vai virar ruína.
Quando a guerra insana
se germina
e os bombardeios ameaçam
fundir o planeta ao meio,
penso em você e sorrio.

NADA VAI APAGAR MEU SORRISO

Podem ameaçar com as bombas e morteiros
Da Marinha americana
Podem roubar meu dinheiro
E chamar os hômes pra me levar em cana,
Nem que as vacas tussam e as porcas torçam seus rabos
Nem que eu seja atacado por mil cachorros brabos
Mesmo que me acusem de tudo que é heresia
E arranquem meu dente do siso
Sem anestesia
Nada vai apagar meu sorriso.

Podem ameaçar com o Armagedon
E as trombetas do Juízo Final
Podem pintar o mar de marrom
E botar dez mil crianças assaltando no sinal
Podem parar o mundo e apagar a luz
Abrir a caixa dos pregos e me pregar na cruz

Podem rodar a baiana, podem soltar a franga
Bordar tudo mais feio que o cão chupando manga
Destruir a ferro e fogo os frutos do paraíso,
Nada vai apagar meu sorriso.

Podem sujar a atmosfera
Até fazer doloroso o ato de respirar
Podem abrir a jaula e soltar a besta fera
Com sua boca horrenda para me devorar
Perfurar meus olhos com setas envenenadas
Até que fiquem cegos
Me fechar no escuro junto com morcegos
Ratazanas e baratas aladas
Sem nenhum sinal ou prévio aviso
Nada vai apagar meu sorriso.

Entre os campos de batalha dessa guerra infame,
Busco trocar amor com quem também me ame.
E sei que a maioria das pessoas são pessoas decentes
Gente do bem trabalhando para criar filhos
E passar sua herança de conhecimentos.
Por isso quando o trem parece correr fora dos trilhos
E o império ameaça cuspir fogo pelos dentes,
Eu sei que tudo na vida tem uma explicação
E que existem razões que são estranhas até à própria razão.

Não importa as teias que a aranha teça,
A gente tem que se cuidar pra não virar presa.
Se a aranha tá a fim de te jantar,
Você não pode permanecer passivo,
Esperando que ela venha te devorar ao vivo.
Não apenas navegar, viver também é preciso.
Eu fico mais forte quando penso nisso:
Nada vai apagar meu sorriso.

Marcia Cavendish Wanderley

Conheci a Ponte de Versos *em 2000 poucos meses após o falecimento do meu marido, o poeta Jorge Wanderley, que havia levado com ele o sentido da minha própria vida. Trazer seus poemas àqueles novos ouvidos foi a "ponte" para reencontrá-lo e a mim mesma, numa vereda que nunca antes percorrera: a de também fazer poesia.*

É autora de *A voz embargada – Imagens da mulher em romances brasileiros e ingleses do Séc. XIX* (EDUSP) e participou, com ensaios, de outros livros a respeito da expressão literária feminina. Mestre em Sociologia e Doutora em Literatura Brasileira, estudou nas universidades de Yale e Montreal. Em 2006, publicou seu primeiro livro de poemas, *O terceiro jardim*, Editora da Palavra.

UM BAR NA BOLÍVAR

Na Bolívar, brilha um bar,
néons nas janelas de plástico
do seu toldo verde, baixo.

Sinto-me só
neste cenário decadente,
livre das promessas mortas
num domingo em
dezembro de 99.
Onde estás? Onde ele está?
Nas cenas da TV e nas ondas da internet,
inatingível como os imóveis milionários
deste lugar chamado Barra
ou no Recreio onde brincavam Bandeirantes.

Cadê o samba?, grita o bar arrebatado,
subitamente,
mas o que rola é um rock triste,
trazendo a depressão das terras frias
da Irlanda, ou de um lugar chamado
Anna Lifs,
onde a dor ecoava, escorria,
bordando meus interiores de mortal nostalgia.

Aqui também, na chuva sobrevinda,
que escorre em gotas na janela transparente.
A vida pára.
Nada é mais.
O hálito é gelado, a boca é muda.
O coração indecifrável.
Mas a língua insiste!
E passa sobre os lábios, lentamente,
sorvendo o vinho que lhe passa em frente.

ESCASSO

Teu jeito de me perguntar,
"Estás mais magra?",
como se isto em nada te importasse,
é tua marca... É antipático,
mas disfarça
a ansiedade que te causa o meu aspecto,
carinho oculto,
rosa fechada, que me ofertas,
na surdina
do teu amor escasso.

DRUMMONDIANA EM CÓRDOBA

Tu não estás comigo em momentos escassos,
nesta cidade de Córdoba, onde me encontro
encordoada em nós que atamos juntos.
Sobre os lilases, sobre as ruas, pairas
na atmosfera de viagem solitária
que me fere como um dardo.
Velho tango.

De Piazolla a Gardel, sinto os espinhos
que me rasgam por dentro,
tingindo meus lençóis de encarnado,
enquanto a torre ocre de uma igreja
recorta o azul do céu intenso.

Córdoba é assim como nós,
colorida, grave, mas ardente,
gemidos de guitarra, um amor louco,
arfar quente da boca,
corpo/contra/corpo
e um murmúrio final comparado ao silêncio.

Maria Luiza M. Wilson

A Ponte de Versos *constitui um espaço literário que acolhe meu imaginário, que me enriquece intelectualmente e promove este encontro mágico com a poesia e esta gama de poetas.*

Nasceu no Rio de Janeiro. É psicóloga, formada pela PUC-RJ. Trabalhou como psicóloga em favelas do Rio, na antiga FNBEM, atendendo a menores desvalidos e delinqüentes. As atividades literárias sempre estiveram presentes através da participação em concursos e eventos literários, destacando-se a antiga Casa da Leitura, a Estação das Letras, as Rodas de Leitura do CCBB, a Terça ConVerso no Café, do grupo *Poesia Simplesmente*, e a *Ponte de Versos*, desde sua fase inicial, no Jardim Botânico.

ANVERSO

Como eu queria ter a liberdade
De aves que andam à beira do riacho,
De pares que andam soltos – fêmea e macho.
Eu queria ser livre de verdade,

Sem saber de quem eu sinto saudade.
E longe do lugar onde me acho,
Colher doces uvas – cacho por cacho –,
Distante desta dura realidade.

Eu queria não ser tão oprimida,
Passando pela vida distraída,
Sem estar presa à moral e à ética.

Como eu queria dia e noite escrever
Muitos versos – para quem quisesse ler,
Soltos, livres, sem nenhuma métrica...

VERSO

Eu tenho
a aparente liberdade
das aves,
que neste bucólico lugar
caminham
à beira do riacho,
ao lado de cada par
– fêmea e macho.

Não sou livre,
de verdade.
Sinto-me aprisionada
e já não sei
do que
ou de quem sinto saudade...

Como eu queria
estar longe
do lugar onde me acho
e seguir
por um diferente caminho
colhendo doces uvas
– cacho por cacho –,
andando à solta
com o cabelo em desalinho,
longe da maldade
e da dura realidade.
Passando pela vida,
leve, distraída,
sem ter uma rígida moral
e uma severa ética,
vivendo
de maneira mais poética.

Como eu queria
muitos versos escrever,
para quem os quisesse ler.
E em uma noite calma
tomar um cálice
de licor de Amaretto.
Amar.
Sonhar.
E ao acordar
simplesmente
compor um soneto...

FOBIAS

Vermes
que percorrem
toda a serra,
arrastando-se sinuosos
por debaixo da terra.

Praga ruim,
o temível cupim!
Invisível devastador,
incansável devorador
da madeira nobre.
Por onde passa
tudo se transforma.
Tudo se torna
vazio e pobre.

Astuta traça!
A anti-fada,
que na calada
da madrugada
e em surdina
estranhas obras maquina...
Afinal, não fora ela
que deixara
a sua anônima marca
ao destruir
aquela famosa carta,
única prova concreta
e genuína
da inocência da heroína?

Devoradores, roedores
– detentores
de indecifráveis segredos –
que provocam
nas pessoas
fobias e estranhos medos;
que se infiltram
por dentro dos cobertores,
guardados
nos armários de pinho;
que se escondem
por entre as dobras
dos lençóis de linho
bordados
e nas prateleiras guardados...

Maria Thereza Dantas Guimarães

Desde que comecei a freqüentar a Ponte de Versos*, senti-me à vontade pelo clima, entre sério e descontraído. A publicação da segunda antologia faz prova da seriedade dos trabalhos. Como digo no poema* "Enigma": "Senhora e serva das palavras, / Em torno delas faço meu mundo..." *O acolhimento da Ponte de Versos foi um modo de ampliar esse mundo.*

Psicóloga graduada na Universidade Santa Úrsula, com formação psicanalítica pelo Instituto Freudiano de Psicanálise. Amante de livros, desde cedo se interessou por arte, filosofia e literatura. Possui três livros inéditos, um deles de poesia.

BOI ROSA

Para Guimarães Rosa

Boi Rosa,
homem de espuma
ternura inútil
em dimensão de flor aberta.

Boi Rosa,
mistério entrevisto
em nosso dentre-sorrir.

Boi Rosa,
cabeças pensantes, encontrando
corpos flutuantes, lembram
que a estrela mais alta é a mais baixa?

Boi Rosa,
morre em mim,
gente ensimesmuda.
Quero sentir-me, de novo,
gente ensimesdada.

GRÃO

Palavra brota como grão de feijão
pousado em algodão embebido d'água.
Experiências.
Palavras infindas, enfileiradas
recolhidas como o grão
brotando, imantado pela água.
Vida imantada pela morte.
Mistérios do Ser.

ENIGMA

Senhora e serva das palavras
em torno delas faço meu mundo
para ofertá-lo no balcão da vida.
Inscrição fugaz e permanente
de vez que nada me pertence
senão saber-me provisória ponte
entre o significante e sua fonte.
Esperando poder vislumbrar,
por instantes, o véu esvoaçante
do real, enigmático relance.

LENTA E SUBITAMENTE, O PARTO

Ei-lo, como um caroço me escapa
Aquele de tão longa espera.
Mal posso crer, embora sinta
Um espaço-mundo entre minhas pernas.

E o cordão, meu Deus!
Como é grande e grosso.
Agora, sim, já não é meu o moço!

Não o lavem nem o levem
Deixem-nos fazer as apresentações
Sem protocolo.

Oh! Filho da vida,
Nesse instante-limite
Limiar do cair de barreiras
Nada te prometo, nem te peço.
Ouso, apenas, sorrir para nós, bem fundo.

Maria Thereza de Barros Camargo

Há muito mais de 20 anos, no tempo do Grupo Poeco – Só Poesia, em SamPa, conspirei: "Seu destino é uma editora..." Li nas estrelas, nelas estampei minha conspiração. Hoje a Ponte de Versos *nos leva além delas. Na* Ponte *alcançamos o Céu...*

Nasceu em Limeira, em 1928. Formou-se em arquitetura em 1953, no Mackenzie. Viveu em Boston, Assunção e Montevidéu, fixando residência no Rio de Janeiro. Desde 1993 vem se dedicando ao estudo e à prática de *Um Curso em Milagres*, ensinamentos dados a nós por Jesus no século XX, mostrando como ser feliz e estar em paz por meio do perdão. Em 2007, lançou seu primeiro livro, *Oremas*.

AI DE MIM...

..se não o faço!
Ciro Barcellos

Em dúvida, peço.
Se não sei, pergunto.
Se me engano, ajuda-me
Se falho, corrige-me.
Se esqueço, dize-me.
Se confundo, guia-me.
Se ataco, avisa-me.
Se temo, ampara-me.
Se erro, perdoa-me...
"Só quero que me sigas..."
sussurras.
Ouvir-Te, creio sabê-lo.
Entender-Te, quero fazê-lo.
"Só quero que me sigas..."
repetes.
Tua Voz em minha mente
ressoa amor.
Quero praticar seguir-Te,
saber seguir-Te,
querer seguir-Te e nada mais.
"Só quero que me sigas..."
insistes.
Sem seguir-Te, me perco.
Sem seguir-Te, nada sei.
Sem seguir-Te, erro,
falho, esqueço, confundo,
ataco, temo, me canso.
Ai de mim...
Ai de mim...
Ensina-me seguir-Te,
firme, pronto, atento,
confiante, certo, vigilante.
Já errei, já apanhei,
senti e aprendi,
por isso agora sei:
Ai de mim... se não o faço!

MILAGRE

Para Lillian Paes

Milagres ocorrem naturalmente,
como expressões de amor.
T-1.I.3:1

Perdoei completo,
como dever de casa.
Entreguei zanga, raiva,
tristeza e revide
em troca da paz perene.
Registrei no *orema,*
como marca antológica.
Zanga, raiva,
tristeza e revide,
tudo pedido de amor,
só o perdão desfaz.
Perdoei, já disse,
pois só quero ser
Amor para dar...
e deixei estar.
Infalíveis, instantâneos
causa e efeito atuam.
Ainda, no mesmo dia,
tudo curado.
Vem,
comparece à minha festa,
me abraça,
conversamos,
pede meu livro!
"Graças Te dou Pai,
pelo Ser divino
que vejo diante de mim"
É o milagre!
O milagre que
só o perdão faz!

Amém.

É BOLHA

Para Bebeto e Eduardo Tornaghi

É bolha...
de sabão.
Flutua...
de repente...
estoura.

É sonho, ilusão,
irrealidade e nada.
Dentro só tem ar,
que o sabão segura.

Essa é a existência...
a que,
ignorantes,
cegos, insanos,
chamamos vida!

Marianna Cersósimo

Vou-me lembrando da Ponte *em outros lugares (nomadismo saudável, antimonotonia), que marcaram momentos incríveis da minha vida, desde que me entendi dizendo poesia, sempre me acompanhando, ou melhor: eu, caminhando pela* Ponte, *seguindo com ela...*

Carioca, poeta, 24 anos e também designer. Aos 17 anos, começou a circular no circuito de poesia passando por diversos eventos como *CEP 20.000, Ponte de Versos, Sarau João do Rio, Terça ConVerso no Café, Quarta Capa*, de Jiddu Saldanha, *PoemaShow* (de Ricardo Ruiz e Tavinho Paes) e por aí vai... Em 2001, recebeu o 1º lugar (Prêmio Carlos Drummond de Andrade) no *I Concurso do IV Festival Carioca de Poesia*. E segue fazendo poesia em tudo que faz...

SOB O PAPEL PARDO DAS GAVETAS

Ainda que mal

Ainda que mal pergunte,
ainda que mal respondas;
ainda que mal te entenda,
ainda que mal repitas
Carlos Drummond de Andrade,
in *As Impurezas do Branco*

Ainda que malqueiras
tenho discretos prazeres pelo que lhe escapa.
Guardo ainda, profundo agrado pelas poucas coisas que sobraram malquistas. Pelo indesejado, espontâneo.
Há pessoas que deliciam-se através de fechaduras, pelas pequenas frestas, pelo filete de corpo que escapa aos contornos do lençol.
Vizinhos que se entretêm com o descuido do vento que sopra a cortina.

Ainda que malqueiras, não serão estes os tonéis a encher meus olhos.
São os fundos do armário, o que há guardado por baixo do papel pardo que forra as gavetas, um rodapé solto, o bolso do casaco nunca usado, a foto no álbum que fica por trás das outras, o que há embaixo do travesseiro, do colchão, nas palavras escorregadias sem permissão, no não, no grito, cheiro que ficou no banheiro quando saiu, no papel onde a borracha apagou.

Gosto pelo pouco que sobrou desarrumado nas pessoas, do pouco que não foi produzido, do que não foi ensaiado num discurso, das pequeninas lacunas: deliciosas como mini suspiros-puxa.

Ainda que malqueiras, teria milhagens se houvesse um vôo
que levasse ao paraíso dos mini-espaços, das coisas que podem escorregar. Tomaria conexão direta aos fundos dos armários, às sujeiras entranhadas na unha – que denunciam muito mais, do que qualquer camisa de homem com um pouco de batom.

Ainda que malqueiras o que não lhe escapa.
O todo é que agrada.

O único fio de cabelo não pintado com todo o resto loiro, o fundo do armário com todo ele cheio. Não interessa esvaziar.

Ainda que malqueiras, não malqueres tanto assim.
Afinal, ainda há sob o papel pardo das gavetas.

NUNCA FUI UM BEBÊ LOIRINHO

Nunca fui um bebê loirinho.
Não tenho 1,70m de altura.
Meus olhos foram claros por apenas 1 ano, o primeiro.
Sempre tive pés pequenos e finos,
dedos finos, punhos finos,
batata da perna e braço mais grossinhos.

As costas nunca foram largas e poéticas.
O nariz ficou retão, de respeito.
Meus seios não são exatamente "fartos", mas uso sutiã 42, porque senão, tenho gases.
Nunca fui do tipo violão.
Algum dia, coloco aparelho, arranco os sisos e tiro o caroço do meu peito esquerdo.

Nunca consegui ficar sentada numa cadeira comportadamente por muito tempo.
Talvez seja a única pessoa no mundo, que desaprendeu a andar de bicicleta.
Não tenho irmãos.
Não conheci meus avôs.
Não me enquadro no estilo mulheres – fetiche – bissexual.
Tenho uma celulite inconstante, chamada Clotilde, na minha perna direita há uns 3 anos.

Não tenho tanto dinheiro quanto gostaria.
Não tenho prisão de ventre, mas também não tenho facilidade de

soltar pum em locais fechados – como no meu estágio.
Não parei de dormir no ônibus, mesmo depois de já ter sido roubada.
Não tenho coragem de depilar com cera a virilha e acho um absurdo ter que se matar para tal... mas nem por isso tenho pêlos lá!
Não uso condicionador.
Não consigo andar com salto alto, muito alto, muito fino, por muito tempo.

Mas já parei o trânsito
vááááárias vezes!!!

Ainda que seja…
porque atravessei fora do sinal.

Marina Colasanti

Ponte de Versos, *assim nomeado inicialmente pela localização em Ponte de Tábuas, é mais do que um nome. É uma metáfora. Pois de verso em verso, de reunião em reunião uma ponte foi estendida, ligando a poesia ao cotidiano, à convivência, à amizade.*

Nasceu em 1937, em Asmara, Eritréia. Em 1948, transferiu-se para o Brasil. Seu pensamento feminista a levou-a a realizar palestras em todo o país e forneceu a base de quatro de seus livros (*A Nova Mulher, Mulher daqui pra frente; Aqui entre nós; Intimidade pública*). Entre 1985 e 1989 foi membro do Conselho Nacional dos Direitos da Mulher. É, atualmente, cronista do *Jornal do Brasil*. Casada com o poeta Affonso Romano de Sant'Anna, tem duas filhas, Fabiana e Alessandra.

PELO LANHO DE UM INSTANTE

Floresce entre minhas coxas
escuro torso de homem
carne alheia ali plantada
brotação que
                    da cintura
desfolha peito e omoplata.

Cresce um corpo em outro corpo
pelo lanho de um instante
já não sei onde sou eu
onde a amante que me habita
filho gigante
e visita.

MINHAS FILHAS VIDA ACIMA

Minhas filhas não têm mais
vinte anos
e há muito
já não trançam seus cabelos.
Usaram saltos altos antes do tempo
ganharam bicicleta
depois carro
e enfim puseram o calcanhar no chão.
Agora crescem sem baixar bainhas
levando a vida às costas
vida acima.
E eu as olho do alto com ternura
estendo a mão
mas não escapo à sina
elas sobem a encosta
eu vou descendo a quina.

SANGUE GOTEJA

No Château de Villandry
o guia nos mostra a mesa
que recebia a caça colhida no bosque
carne quente sobre
mármore frio.

No Rio
a carne colhida na Linha Vermelha
Amarela
na selva das ruas
se atira fria em qualquer canto
ou se desova
morna
no escuro baldio.

Aligny, 2003

Messody Benoliel

Em 1989, Francisco Igreja, Sergio Gerônimo e eu fundamos, com dezoito poetas a APPERJ, que hoje reúne 420 associados em todo o Brasil. A poesia oral cresce cada vez. Os poetas estão todos de parabéns!

Carioca de descendência marroquina, advogada, poetisa, trovadora, cordelista, cantora e compositora. Com vários títulos honoríficos e de cidadanias, presidente da OAB 28ª na década de 80, ex-presidente da SOLIS e da APPERJ, vice-presidente da Academia Brasileira de Literatura de Cordel, presidente da Academia Brasileira de Trova. Autora de seis livros de poesia, além de vários cordéis clássicos e jornalísticos. Eleita uma das "Trovadoras do Século" em 2000, pela Casa do Mestre em Magé, RJ.

NADA

Nada me diz muito
quando não estás por perto.
Anseios me entristecem,
sou mar gelado, indigesto.

Coitado deste ego nômade,
que, desprotegido,
se oculta em sótão abandonado
quando em vão não procura
sua alma gêmea pelas ruas
e vielas solitárias.

Prosseguir é rotina cretina
que maldigo a cada instante.
Saio à procura de mares distantes
que estejam mais aquecidos.

Perdidos no amor persistem...

NÃO MAIS ESSES BONS TEMPOS...

Pular amarelinha nas calçadas
andar de patins no meio da rua
sair no bloco de sujo
requebrando de pires na mão
pegar bonde andando na hora de recolher.

Tomar um samba em Berlim
naquele botequim tranqüilo,
colocar fichas na vitrola do bar
e dançar cantar e sonhar
com Alain Delon na minha cama.

Um cigarro antes, outro depois...
Tudo isto experimentei e gostei.
Não mais esses bons tempos.
Agora, a dança é diferente:

Corremos de bala perdida
para salvarmos a vida.
E tem mais:
Alain Delon está caidinho,
bondes, só os de Santa Teresa
botequins só para comprar cigarros
ruas viraram estacionamentos.

O melhor é ficar em casa
tomando uma caipirinha
e assistir aos *reality shows*,
sempre vividos de mentirinha.

LUZ RADIANTE

Em memória de minha mãe Sol Cohen Benoliel (1913-1996)

Visualizei a imensurável paz,
cercada de uma luz que me ofuscou,
lembrança que constantemente traz
toda uma vida, tudo que passou.

Sentimento de perda em mim desfaz
a segurança que me acalentou,
um momento feliz, hoje é fugaz
e o remédio é o retorno ao que findou.

Esta ausência persiste e me maltrata
e a solidão contida a cada instante
é saudade que brota e me arrebata,

por não saber manter-me nesta vida
sem a luz, cujo brilho radiante
vinha de ti, saudosa mãe querida!

Neide Archanjo

Creio que a Ponte de Versos *liga além de pessoas os mares aos diversos continentes da Poesia.*

Neide Archanjo recebeu os prêmios de poesia da Academia Brasileira de Letras, o Prêmio Jabuti, da APCA e da UBE do Rio de Janeiro em 2005 e 2006, atribuídos pela reunião de sua obra publicada, em comemoração aos seus 40 anos de poesia (Editora Girafa, São Paulo).

PROFUNDAMENTE

Estão todos sentados esta noite.
Estão todos sentados.

A velha mesa respira
mas nada se aquieta.

Estão todos sentados
mortos e sentados.

E este amor não basta
para carpir os beijos os nomes
os retratos.

in *Epifanias* (Record, 1999)
Prêmio APCA de Melhor Livro de Poesia de 2000

AMOR DE PERDIÇÃO

Era um fluir de formas
essência grave e leve
era à ordenação do caos
a harmonia breve.

Era o poema
encostado ao muro/qual flor vadia
que entre ramas se esquecia.

Era o poeta
lambendo a página baldia
em que o poema
encantado se escrevia.

in *Epifanias* (Record, 1999)
Prêmio APCA de Melhor Livro de Poesia de 2000

SEXTO VERSÍCULO

O olhar de Soraya:
tâmaras ameixas damascos.
Desertos.

E mais adiante
uma palmeira
a flutuar.

In *Soraya, uma princesa sefardita* (Girafa, 2006)
Medalha de Prata do Prêmio Jabuti 2007

Olga Savary

Escritora e jornalista, nascida em Belém do Pará, tem 19 livros individuais e mais de 800 coletivos publicados, de poesia, conto, ensaio e jornalismo literário, como organizadora e participante. Traduziu 50 obras de hispano-americanos e mestres japoneses do haicai. Obteve mais de 30 prêmios nacionais de literatura. Foi traduzida para países da América Latina, Alemanha, Canadá, China, Dinamarca, Espanha, EUA, Finlândia, França, Holanda, Inglaterra, Itália e Japão. É autora de *Repertório selvagem* (BN, 1998), *Berço esplêndido* e *O olhar dourado do abismo* (Bertrand Brasil/Record e BN, 2001; 2ª. ed. Bertrand Brasil/MEC, 2003). Tem mais dez livros no prelo e a sair.

ANHANGÁ*

Darei teu nome à minha fome,
teu nome darei à minha sede.
Darás teu nome à minha força,
à minha vertigem e ferocidade.
És Brasil, meu país e fortaleza
como se fora uma sumaumeira
a me aprisionar e tornar obsessiva,
que me dá vida e mata cadenciadamente,
a me impor leis que não são as minhas.

*do tupi: gênio protetor dos animais ferozes, gênio do bem.
in *Berço esplêndido*, Palavra & Imagem, 2001

COR

Aos tombos muros, paredes das casas
a flutuar na crescente escuridão azul

quando azuis quase se tornam folhas,
a tarde torna-se azul em sua queda.

Azul é o que a gente vira na tarde
mas, magma, é de outra cor nosso desejo.

Quando começa o acender das luzes
o azul tudo teria comandado

e o estar em tudo não nos ilharia
não fora o jogo de viciar os dados.

NOME III

Pelos braços da manhã é que escorro
tendo no corpo o cantar do dia.
De branco chegas como um noivo, estou
também de branco ritualizando a espera.
O que de mim fica é o procurar-me
e o me encontrar debaixo dos teus flancos.
Paixão é o nome deste pasto e desta fome
que nos consome e nos labora, amor
o nome onde deságuo e onde escorres.

Esta a nossa liberdade:
só tu és tudo e tudo eu sou.

in *Repertório selvagem, Obra poética reunida – 12 livros de poesia*

Paulo Azeredo

Do pequenino jirau de Tábuas ao lounge da Conde Bernadotte, uma Ponte imensa. Metade palpável, metade absolutamente intangível. Desenhada na marra, letra após letra, naquilo que pode haver de mais concreto num sonho. Porque é pra isso que a Ponte *existe. E vide verso.*

São 30 anos trabalhando com criação publicitária. Formado em Direito, é poeta, letrista, artista plástico e professor da cadeira de Criatividade Profissional da Universidade Unicarioca, RJ, e do Curso Portfólio da Escola Superior de Propaganda e Marketing (ESPM). É criador e realizador do workshop "Criatividade: ouse e agite" para desenvolvimento e ativação de nossas potencialidades criativas. A palavra é seu instrumento de repercussão.

descabelado

Elas tão tudo aí
Rainhas da Ilusão
Tudo gostosa   As poderosa
Com seus corpitchos à disposição
É na revista
Web, na televisão
E tome sonho, fantasia
Com garantia de satisfação
Eu não vou ficar no osso   Que talento, que colosso
Que quié isso, que quieu faço?
Descabela, descabela, descabela o palhaço! Descabela o palhaço!

É duro meu bem
Né mole não
Chega uma hora que a gente tem que dar vazão
Que balanço, que corpaço   Que quié isso, que quieu faço?
Descabela o palhaço! Descabela, descabela, descabela o palhaço...
É no todo ou no pedaço
E um pouquinho de imaginação
Ela abusa, ela arrebenta
Covardia quem que guenta (aprecie com moderação)

Talento, balanço, colosso, corpaço
Talento, balanço, colosso, corpaço Talento, balanço, colosso, corpaço
Que quié isso, que quieu faço? Que quié isso, que quieu faço?
Descabela, descabela, descabela o palhaço! Descabela o palhaço! Descabela, descabela, descabela o palhaço! Descabela o palhaço!

presente

(é

permit

ido

permit

ir.)

Te aceito feito fato consentido. Cadastrado, consumido. Como a alma das flores ou o recheio de chumbo. Angustiado e dividido entre o contido e o derramado, só penso em saúde, sorte e sucesso. Te excluo por vingança ou esquecimento. É sempre bom lembrar que o outro pode estar no seu momento. Ok você venceu, só que o troféu sou eu. E batata: você tá frita, boceta quente, não, você tá louca! Ouço as vozes, vejo o que desejo. Beleza neste mundo de merda, nesta caixinha de certezas, toda bordada com a linha do esforço, do prazer ao sacrifício. É complicado ter que fazer o poço bem fundo e não cair no precipício. Me dei bem. Já quanto a sua insatisfação natural eu não sei mais até quando aqueles rigorosos tratamentos de shopping e celulares novos vão continuar dando algum resultado. Nem tudo é tão simples assim. Pelo menos posso aproveitar, quem sabe, numa campanha pra jeans, perfume ou lingerie. Impraticável é esperar que tudo esteja absolutamente nos drinques, tudo líquido e certo, pra que o mundo se torne perfeito e, aí então, seja possível viver o amor. E antes quieu me esqueça, procure na cartilha: “sofisticar o gesto, o ato, afeta o fato?” Pira porra, loucura, se vira. A vida é à Vera. Ou surra de vara. Tanto pra valer quanto pra levar - nem tanto a sério - fascínio e mistério de um amanhã que sempre será depois. Como saber, sacar, o que vai rolar acontecer com nós dois? Com nós dez, com nós mil, com nós sete bilhões?
Maybe baby.
Por isso, por mais que você pergunte
ou se amedronte
é permitido permitir
e só o presente já é o bastante.
Passado já era, futuro demora.
Viva o bom e velho aqui e agora.
Curtir o que sente
no mesmo instante
já é mais que suficiente.
Tudo é momento
é movimento
foto-grama-imã-ginação.
Paixão de vento
efêmero encanto
corpo que freqüento
sonhos que desmonto.
Sinto muito mas não minto.
É o que tem, é o que há. E eu me quero de volta, a mim e a meu presente, o grande presente onde não tem hora, não existe outro lugar. Feito em casa, bem aberto, que é pra luz poder entrar.

Pedro Lage

Conheci Thereza Christina há três mil anos, quando a Ponte de Versos *cruzava ainda os rios da Babilônia. Depois, entre Cleópatras e Homeros, Beatrizes e Othelos, prosseguimos em nossa preciosa amizade sobre versos variados, trilhos quentes e noites de neblina. Até chegarmos aqui.*

Carioca de Botafogo, aprendeu com Mané Garrincha a driblar as pernadas da Vida, com Monteitro Lobato a ler, com Graciliano Ramos a escrever e com Manuel Bandeira, Maiakovski e Murilo Mendes a vislumbrar a Poesia. Cinco livros publicados: o primeiro, *Vai-Que-Vai*, em 1976, e o último, *Cal do Cosmos*, em 2004. Além de participações esporádicas em antologias e duas ou três centenas de recitais por toda parte.

APOLLINAIRE

ao Pink Martini

Meu quarto mais parece uma gaiola
O sol passa o seu braço na janela
Um colar de tico-ticos trazendo em seus bicos
O perfume dos jardins e sua aquarela

Eu não quero trabalhar, eu não quero almoçar
Eu só quero esquecer, por isso eu fumo

Feliz foi o poeta Apollinaire
Francês que fumou o quanto quis
Tabacos e haxixes, nos bares e avenidas
Ninguém se meteu com seu nariz

Eu não quero trabalhar, eu não quero almoçar
Eu só quero esquecer, por isso eu fumo

Pois eu inventei a máquina do tempo
Fui a Paris conhecer Apollinaire
Fumei do seu cachimbo, bebemos absinto
E a mim ele estes versos entregou

Eu não quero trabalhar, eu não quero almoçar
Eu só quero esquecer, por isso eu fumo

2005

ETA-FERRO, COPACABANA

ao Chico Alvim

...tudo acabou / tudo acabou.

"Eta-ferro", em *Elefante*

O Rian acabou
A Colombo acabou
A TV Rio acabou
O trilho do bonde acabou
O Lá Vai Bola acabou
A Casa Mattos acabou
A Gaio Marti acabou
O Riviera acabou
O Costa Martins acabou
O Bec Fin acabou
O Beco da Fome acabou
O Caruso acabou
O Metro acabou
O Teatro do Copa acabou
O Opinião acabou
O Alaska acabou
O Royal acabou
A Igrejinha do Forte acabou
O Lido está acabando
O Art-Palácio acabou
Até o arrastão já acabou
Tudo acabou
Tudo acabou

2006

LUA DE MAMULENGO

ao Mestre Zé de Vina

Eu vi chover
Eu vi relampejar
Olhei pro céu
E vi o mar   *Olhei pro céu*
                                E vi o mar,

Depois, não vi mais nada:
só a Tempestade com seus olhos frios e
o Abismo escafandrista fundido na imensa
massa líquida dos sonhos sem dono.

Andei no mato
Eu cruzei o deserto
Pensei que tava longe
Mas vi que era tão perto   *Que tava longe*
                                    Mas era perto,

Perto do Tempo, este sim, dono do Mundo,
dos sonhos, mares, enganos...
e das ridículas ambições humanas –
Ó Tempo-Senhor!

Olhei pro Sol
Eu vi a Lua
Pensei que era de prata
Mas vi que tava nua   *Que era de prata*
                                    Mas tava nua.

2007

Pedro Lyra

Ponte de Versos *já é um tópico da história cultural do Rio. Uma vez por mês, desde 1999, sabemos onde viver uma noite feliz, num papo descontraído entre colegas, com a poesia encantando o ambiente.*

Pedro Lyra (Fortaleza, CE, 1945) é poeta, crítico e ensaísta, com 20 títulos nas três áreas. Pós-Doutorado em Tradução Poética pela Sorbonne, onde foi "Chercheur Invité" em 2004-2005, ministrando um Seminário sobre tradução poética do francês ao português. Atualmente, professor titular de Poética na UENF-Campos-RJ. Sua mais recente publicação é *Argumento – Poemythos globais* (Rio, Ibis Libris, 2006). Os poemas são para a 4ª edição do livro *Desafio – Uma poética do amor* (Fortaleza/Rio, Ed.UFC/Topbooks, 2002).

SONETO DE PROVOCAÇÃO

Uma noite, querido.
Mas
só uma.

Me amaste tanto
que eu não poderia
negar-te o que julgaste o sumo Bem.

Depois
tuas novas noites sempre sejam
mais vivas do que esta
com uma outra
que possa ser
o que eu não pude ser-te.

Não pude.
Até tentei.
E ah!
Que doce
amar do modo como se é amado...

O Destino torceu nossos caminhos:
se perdeste
o que mais te afirmaria
perdi
o que nem soube avaliar.

Segue teu rumo...
Eu me resigno ao meu.
Pois sei
que nunca vou
amar assim
nem nunca mais
assim
serei amada.

SONETO DE CONSOLAÇÃO – I

Te conforma, querido:
era só isso.
Mas isso é tudo
– a vida num momento.

Ela,
que era a mais bela
entre as mais belas
de tantas belas que beijaste,
ela
te abriu o ser
– e isto era o fim
em si.

Terás esse momento para sempre
na forma essencial
de o ter vivido
mas nunca mais
na forma de o viver.

Foi o melhor momento dos teus anos.

Mas
em vez de o carpir
por ser tão uno
agradece ao Destino
mais que a ela.

Tens algo de sublime em tua vida,
sublime,
não de apenas aprazível.

Podes morrer:
tu não viveste em branco.

SONETO DE CONSOLAÇÃO – II

Porque ela está tão longe
meu querido
ficas a remoer
(não teu passado
que é sabido
e não pode ser refeito
mas) teu futuro
que é mutante e dúbio.

E te torturas
figurando cenas
em que ela resplandece
à tua distância.

Do charco em que te afundas
vês apenas
(além do que receias)
o que forjas;
da minha nuvem
vejo é o que acontece.

Olha:
ela
está em casa
a sós
tranqüila
reclinada em seu leito
e está relendo
uns sonetos de amor
– belos sonetos
que um poeta
inspirado e apaixonado
escreveu
com carinho
à sua amada.

Priscila Andrade

Na Ponte de Versos *só há um protagonista: o verbo. A palavra reina absoluta, sem pudores ou divisão de territórios. Ali são lidos poetas de todas as épocas, vivíssimos através do papel.*

Poeta, é coordenadora, desde 2006, do ciclo anual de debates *Flap!* Criou e coordenou, em 2005, o *Festival Segundas Poeéticas*, que reuniu vários grupos de poesia do Rio. Participante regular de eventos como o *Festival Poesia Voa*, mantém, desde 2003, o blog *Dedo de Moça*. Sua produção literária está na internet, em sites como *Cronópios*, Alma de Poeta e Releituras.

ORQUÍDEA

Minha pele se rasga da nuca ao cóccix
Dando liberdade a uma gigantesca lâmina
De cartilagem e penugem.

Meu peito se rasga
E dele sai em vôo tumultuado
Um enxame de vespas
Que zunem, zunem, zunem.

Minhas veias ultrapassam o limite
Das pernas e se tornam raízes grossas
E firmes, que me prendem ao solo.

Nesse momento, meu tronco se solta
E alço vôo, com meus braços que já viraram asas.

Do alto, observo o bailar das nuvens
E o gorjeio dos automóveis.

As penas das asas se soltam
Uma a uma
Transformando-se em pétalas de orquídea
Que caem docemente pelo chão.

O NOVO

Sístole, assístole
Tum-tum
Tum-tum
Coraçãotaquicardia

Mas isso,
Isso foi ontem...

Hoje, quando te vê
Ele já nem bate

Apenas um leve pulsar delicado,
Doce e discreto.
Por outro.

FÊNIX

Observo a poeira em suspensão
No feixe de luz que atravessa o quarto.
Assim como eu, mormaço.

Suor escorrendo: tátil.
Feixe de luz: intangível.

Observo a poeira em suspensão
No feixe de luz que atravessa o quarto.
Assumo-o, tomo as rédeas de mim
E me encaro. Escancaro a janela:
Luzes solares de março.

O cheiro de dama-da-noite invade o quarto.
De Tangerina, as mãos.
Dos seus cabelos, as narinas.

E a vida recomeça.

Regina Vieira

A Ponte de Versos foi especialmente importante para mim por ser o único evento no qual quem não é convidado pode recitar quantos poemas quiser. Na chamada sobremesa cada um abre seu próprio espaço o que estimula um ótimo exercício de desinibição.

Carioca de Niterói, é professora de literatura e atriz. Escreve prosa e poesia. Participa de coletâneas e recitais. Recebeu menção honrosa com o conto "O Balanço Vazio", no concurso das comemorações do aniversário de Niterói, e o poema "O Rio de Janeiro não é apenas uma fotografia na parede", do *Jornal Bafafá*.

CELEBRAÇÃO PARA UM DEUS SOLITÁRIO

HOMENAGEM PÓSTUMA AO ATOR INGLÊS DIRK BOGARDE

Adolescência minha, plenitude sua.
E você despontando na mesquinhez da minha vida.
Você, belo.
Eu, solitária, adorando sua imagem por tudo que ela representava.

No escuro da sala,
o mundo mágico do seu olhar, do seu sorriso e do seu sotaque britânico:
orgasmos da alma.

Ao tentar trilhar o seu caminho de peso e de grandeza,
deparei com a imensidão do mar que nos separava.

Voltei ao escuro da sala.
Lá eu tinha sua mão na minha.

Hollywood não se emocionou com sua eloqüência e elegância.
Já não estavam tão na moda os lordes ingleses.

Mas, na Europa,
você cresceu tanto que eu me transformei naquele grão de areia que sonha com a estrela.

Fomos envelhecendo juntos,
cada um do seu lado do oceano.

No escuro da sala,
sua mão na minha.

Não gostaram do digno ancião que você se tornou.
A ignorância não é privilégio do terceiro mundo.
E você se recolheu aos jardins bem cuidados da Inglaterra.

Nunca mais,
sua mão na minha.

Numa festa do Oscar, Hollywood, finalmente, lembrou de você.
Na lista dos falecidos daquele ano, seu sorriso triste e um aceno de adeus.

Enquanto comemoravam com os vencedores do momento,
essa eterna adolescente que um dia sonhou servir-lhe de companhia,
acalentava uma inútil fidelidade àquela peculiar espécie de sedução.

Nas noites nebulosas da Inglaterra,
nas profundezas das florestas tropicais,
nas trevas de cada canto escondido,
no escuro da sala,
para sempre,
sua mão na minha.

TRIBUTO A ROMAN POLANSKI

Eu tinha um lar,
o sol brilhando,
maçãs e flores na praça,
uma santa e uma boneca.

Vieram os donos da lei.
Desmancharam meu lar,
esmagaram as maçãs e as flores da praça,
me trancaram num beco sem sol,
dilapidaram minha santa
e quebraram minha boneca.

Fui para a terra encantada da liberdade.
Construí outro lar,
ganhei outra boneca
e conquistei um novo sol
cintilando no castelo de cristal.

Vieram os infratores da lei.
Inundaram meu lar de sangue,
apagaram meu sol
e quebraram minha boneca.

Hoje coleciono bonecas
em castelos de ouro.
Mas não tenho mais sol nem lar.

Denuncio as trevas.
Habito o mundo.

Renato Motta

Minha participação na Ponte de Versos *é efêmera e esporádica. Decerto a marcante foi o lançamento da antologia* Ponte de Versos – 4 anos, *no grande palco iluminado, o encontro entre os poetas e a poesia e a grande festa estão registrados na minha retina.*

Carioca, rubro-negro, músico, web designer e poeta nascido em 1971, tem a história e a arquivologia como formação. Em 2001, como integrante do grupo *Poesia Simplesmente*, participou da antologia *Poemas cariocas*, e do Terça ConVerso no Café. Em 2002, mudou-se para Olinda.Em 2003, participou da *Ponte de Versos: 4 anos – Uma antologia carioca*. Atualmente, mantém o blog: www.babilonia.blogspot.com com contos, crônicas, poesia e babilônias.

PONTES DE VERSOS

Para Thereza Christina Motta e todos os poetas da Ponte

Marujos!
Poetas de eterna viagem!
Icem as velas!
Bons versos a estibordo, zarpemos!
Arpejo de ondas, sabor de maresia
Sussurro poesia....
Vernáculos, Vestígios, Versículos
Versos ao sopro de Netuno, Reverso
Um olho no vento e outro no Timão
Navega pela bruma densa do mar
Furacão...
Pontes de tábuas em extrema ebulição.

Marujos,
Vamos nos mudar!
Joguem as palavras no ar!
Capitã, teremos que remar? Reinar? Rimar....
Que nada, quem nada...
Haikai condensa
Na barca compensa
Toda força pra frente, intensa...

Turbilhão frenético
Maquinário cibernético
Vapor mono óptico
Amor em cinética
Antologia Poética
Aponte a nau para bombordo
Ao ponto retorno, o porto
Perpasso a ponte
Repleta de versos

Eis a Ponte de Versos!

INSÔNIA

Minha canção de exílio é um eco oco
Ao fundo um sufoco
No fígado um soco
Intransponível grito rouco
É a insônia insignificante de um louco
Deslocamento inviável, inimaginável
Zunidos, Zumbidos Zumbi!
Subo pelas paredes
Como as lagartixas extintas do Rio de Janeiro
Nunca mais as vi
Nos ouvidos o som
E um desejo intenso, repelente
Meu vício
Baygon

PONTE

A partir do ponto
Aponto para a ponta da ponte
Que aperta o parafuso
E me deixa assim tonto
Confuso

Na placa da ponte
Há porca
Me perco, empaco, monumento
Emplaco minha paca na porta
Talvez parta
Por cima da ponte
Pra Belo Horizonte

A barca bate na ponte
Terremoto

A peça que caiu
O preço que subiu
O prédio que ruiu
A ponte que partiu
A moça que pariu... fugiu
Daqui para algum lugar
Da torta ponte, hoje quebrada.

O LIVRO

Aquele livro de poesia me incomodava.
Eram tantas ausências vãs
Faltava universalidade
Figuras de linguagem.

Não entendia as ambivalências
As folhas brancas e ausentes
Como se desperdiçava.

Aquele livro de poesia
Como me incomodava,
Sentia espasmos de desejo, tarefa
E nas lacunas presentes
Todas eu completava.

Reelaborava o tema
Minhas concepções
E a caneta na obra eu deslizava.

Aquele livro de poesia me incomodava.
De repente, uma voz...
Uma parada...
– Menino!!! Você rabiscou todo o livro!!!
Passei um dia inteiro de castigo.

Reno Brant

TRAGADO (Para a *Ponte de Versos*) *A palavra na boca/ De quem a escreve/ Não é mais uma palavra/ É um rio que corre/ E a corrente me leva.*

Reno Brant (Raphael Nercessian) é compositor, artista plástico e poeta. Publicou seu primeiro livro *O Colhedor de Penas* pelo Armazém Digital em 2005. Carioca, leonino de 1974, guitarrista, está escrevendo seu primeiro romance. Conheceu a *Ponte de Versos* através de um programa de rádio que fez para a faculdade de jornalismo com sobre saraus de poesia.

RELENDO CHICO

O primeiro me chamou
Pra brincar à beira do mar
Apanhou na onda, a espuma
Tão gostosa de escutar
Me mostrou o seu castelo
E o cantinho que ela tinha
Me sentou à sua mesa
Frente à mãe, a rainha
Norteou a minha alma
E ancorou meu coração
Mas o vento soprava
E arrastado eu disse não

O segundo me chegou
E deu um aperto de mão
Piscou duas bilhas verdes
Que só tem o cara bom
Me mostrou o seu relógio
E os amigos que ele tinha
Abraçou minha cabeça
Decorou nossa cantiga
Logo pôs os pés na estrada
Junto com meu coração
Mas do alto o resgataram
E arrasado eu disse, não!

O terceiro me encontrou
Como quem pisa no nada
Como se não fosse nada
E também nada restou
Mal sei como ela me ama
Eu só sei que ela me quer
Derrotou minha derrota
Com toda a força de mulher
Hoje eu sei ver a graça
Que alcancei na sua mão
E no mundo que eu aportava
Eu lhe dei o meu coração

EU SOU AQUELE QUE SOU

Ser puro
Eu vi um remoinho sorrindo
Eu vi por inteiro
E um velho barbudo de lado
Sentado em seu trono
Vi a mulher deslizar no lago
E a luz da lua era azul
Era a sombra, era o medo
Era o parto, era o clã, era *blue*
Desci e o senhor da lei
Que sabe de tudo
Deu ordem à tropa do irmão
Que nunca dormiu
Eu vi o menino nos braços
Da mãe que com ele chorou
Era a sexta, era o sol
Era a bela, era música, era amor
Daí o moço da touca
Começa a voar
Em meio a essa gota branca
Espelhada
E todo esse encanto
Toma seu lugar
Eu conto até dez e a minha voz
Alcança...

FEITIÇO DA VILA

Tem algo a mais
Do que seus sinais verdes
Manhã barulhenta
E sua noite vazia
É algo forte
Como o coro do Maracanã
Intenso como as notas da calçada
E de repente
A Vila Isabel é linda
Porque ali tenho espalhado
O amor de uma vida
As árvores de lá
Transmitem em banda larga
É o "russo" apaixonado
Na verdade
Um Ceará meio armênio
Um Pará meio Oliveira
Um alô, alô, Goiás
Um coração de ouro
Dividido em duas metades
Acorrentado ao pescoço
Ao pé da serra
Longe do mar, que é logo ali
Longe da lagoa, que é logo ali
Do "Bem-te-vi" a Grumari
Em Natal ou Arraial
Procurei e encontrei
Meu mundo ideal
O meu litoral
Graças a você
Babyzinha

Ricardo Jacomo

A Ponte de Versos *foi a primeira que atravessei já vendo* O Homem Voador *no horizonte. Cheguei recitando e anunciando para desconhecidos que o sonho de publicar meu livro de poemas estava pra ser realizado. Mas queria ouvir mais do que falar. E ouvi coisas belas que me refundaram sentimentos, afirmaram um amor grande.*

Jornalista, mas já se aventura nos poemas muito antes de se decidir por sua profissão. Com mais de trinta anos, continua se sentindo desconfortável e estranhando o mundo. Porém, amigos, família, poesia e amores vão impulsionando o rapaz pra frente. Tem problemas psicológicos em se autoproclamar poeta, prefere ouvir a alcunha dos que assim o reconhecerem.

MISTÉRIO

É um mistério
Saber como eu sobro
Eu sempre me acabo
E nunca morro

É um impropério
Uma coisa tamanha
Eu me levanto
E subo a montanha

É sacrilégio
Entender como eu sigo
Andando lento
Correndo perigo

É tão gratuito
Me ver como amostra
Me fatiando
Cortando em postas

É incabível
Cortar o meu cabo
Emerjo e fico
Enquanto pago

Imprescindível
Lotar o meu carro
Ficar comigo
Senão, viajo

Um passo à frente
Planejo a derrota
Te dou um drible
E fecho a porta

PEDESTRE

Meu amor pedestre
Pede que eu adestre
Sua paixão sem queixume

Pedi meu amor
Por favor
Não fume

Não fale alto
Não rasgue a pele
Não me estatele
No meio do asfalto

Prossiga, me dê um sinal
Sim, senão me ultrapassarão

Virarei pedra
Comerei betume
Interditado com um tapume

ME GANHAS

Não me venha com seus meganhas
Me ganhe na lábia
Não lamba minhas botas
Não bote versos na minha boca

Cutuque, não grite
Futuque, batuque a cuíca
Me diga quem fica
Sorria mostrando-me os dentes

Mas não lamente
Conclua o seu raciocínio

Declino
Rejeito qualquer convite

Não jogo confete
Nem quero que você deite
Comigo

Amigo do alheio
Pois quando te olho receio

Que toque
A tua alvorada
E se despeça da outra
Amada

Aquela que me renega
A nega
A loura translúcida
A Branca de Neve malvada
Mafalda

A puta solene
O traveco infame
O sonho perene

De ter-te
De tetas lambidas
De bocas gozadas
Fadadas

Ao falo-fracasso
Ao faço, não faço
E ouço

Ao indo, não vindo
Ao fico, não meço
Medida
E findo

Ricardo Maia

Ponte de Versos *para mim significa a busca, a procura e a cura, a identidade.*

Ricardo Antônio Farias Maia, carioca, nascido em 14/01/1960, com raízes nordestinas de Catolé do Rocha, cidade onde nasceu seu genitor, formado pelo Instituto Metodista Bennett, onde concluiu o curso de Bacharel em Administração. Desenvolveu trabalhos profissionais no IAA, antigo Instituto do Açúcar e do Álcool e Instituto de Pesquisas do Jardim Botânico do Rio de Janeiro, órgãos federais.

OLHO D'ÁGUA

Ai, que saudades tenho do meu sertão,
Das arribaçás, curimatás e cangatis
Que se criavam por lá.

Do céu estrelado,
Inciso nos nossos corpos,
Na noite de luar,
Silêncio surdo que não habita mais.

Do povo fidalgo,
Da terra de valente,
"Onde a faca dança e roda",
"A cana corta a gente".

Do cangaço e dos seus cangaceiros,
Seus nomes hei de lembrar.
Sabonete, cobra-verde,
Homenagem póstuma vou prestar.
Guerreiros, coiteros e ciganos vão passear
Onde minha justiça é o calibre 47
Que há tanto havia esquecido por lá.

Vou rangendo os dentes,
A manteiga de garrafa
E do queijo de coalho
Pronunciando o bom gosto do sabor do leite.

Da asa-branca, que, quase extinta,
Hoje raramente voa.

A cobra de veado,
O jeito de comer,
Dizendo à minha alma
Se gosto de você.

Ao estoque de arroz velho para Katita não roer,

O preá no jardim,
O carcará,
O açoite do chicote do peão
Ao canto ao gado para pastar.

O fogo-fátuo pronunciando a chuva do dia seco e quente,
A aurora que chegou,
A política de olho por olho,
Dente por dente.

A canjiquinha, o cuscuz, o mugunzá,
O doce mel de Jandaíra,
Que já não mais existe,
O belo clavinote, em que morreu Jesuíno Brilhante.

Da vela posta sobre uma cuia,
À procura de um corpo distante,

Ao espinho de laranjeira
Em que meu gramofone tocava,
Ao bailado da chupeta de açúcar.
Ah! Que história eu contava.

Da botija que lá enterrei
No alpendre do casarão deixei.

Êta, pau-pereira!
Êta, pau-pereira!

Meu filho há de se encantar
Com toda essa história que tenho para ensinar.

Eu vi...
Eu vi...
Eu vi por lá.

QUEM TU ÉS

Para minha musa inspiradora L.A.F.

No meu sonho mais profundo e quase impossível
Uma vez mais vou tentar.
Lá dentro tem encantamento de criança,
No teu olhar
Utópico e realista a se revelar.
Um dia, quem sabe,
Diante de teus mistérios,
Uma vez mais sua personalidade flui,
A me completar, a me desnortear.
Tu és minha musa,
Que me leva ao delírio
De alguém que, quiçá, um dia, irá morrer de te amar.

PAI

Tu que me ensinaste tanto
E do teu silêncio ouvi.
Eu, desatento, não percebi
O quanto tu falavas a sério.

Tua expressão eu respeitava,
Teu caráter sincero eu acolhi,
De bem querer
De ser teu filho mais velho.

Hoje, me vejo sozinho,
Igual e miúdo a um homem
Que desvendou teus mistérios.
Tanto legarei
Aos teus netos o silêncio que ouvi
e em que muito aprendi.

Ricardo Muniz de Ruiz

A Ponte de versos é uma oficina. A matéria prima são as palavras, o resultado são os versos. O combustível é a energia produzida pelo encontro dos poetas.

Poeta e historiador, carioca, rubro-negro. Graduado em Ciências Sociais e Mestre em História, pela UFF. É professor do Colégio Pedro II. Publicou *Poesia Profana* (2000). Colaborou na organização da *Ponte de Versos: 4 anos – Uma antologia carioca* (2003). Organizou a antologia *República dos Poetas* (2005). Coordenou com Thereza Christina Motta a *Ponte de Versos* (2000 a 2006) e o *PoemaShow* com Tavinho Paes (2003 a 2007). Coordena com Tavinho Paes o Dia Nacional da Poesia (14/03) na Estação de Trem do Corcovado. É editor da coluna "O Canto da Poesia".

CLASSIFICADO LITERÁRIO

Para Marília

Precisa-se de moça
De fino trato.

Para agradável momento
De elaboração estético-poética.

De mão leves e idéias firmes.

Que saiba digitar e passar os dedos
Sem machucar as palavras.

Que tenha habilidade
Para mobilizar a platéia.

Que saiba utilizar
Meios seguros para finais bombásticos.

Que não seja escandalosa
Mas entenda de prosa.

Que saiba manter a neutralidade entre:
maiúsculas e minúsculas
orações subordinadas e coordenadas
e entre o sujeito e o predicado.

Que tenha objetivos diretos
Mas nunca dispense o objeto indireto.

Que saiba intrigar
Sem criar mutreta.

Que construa tramas
Sem destruir corações.

Que pratique boas ações
Principalmente as em alta.

Não precisa estourar o pregão
Mas que saiba evitar a queda da bolsa.
Afinal, boa moça
Não vacila com a bolsa.

Que saiba dar
Tratos à Bola
ou então
Bolar Contratos.

Armar bom contrato
É um raro exemplo
de fino trato.

Que seja por extensão
Contra os maus tratos.

Que saiba fazer
A ligação entre a defesa e o ataque.

Que não pratique faltas violentas
Nem precise jogar na zaga.

Ah!!! Muito importante
Que não seja zangada!

Que tenha alegria
e não entre em fria.

Que saiba dar passes
na Zona do Agrião.

Se quiser aproveitar
Pode fazer uma boa salada,
orgânica, sem agrotóxicos.

De preferência salada de frutas
Com as frutas da estação
Aproveitando que no Rio

É sempre verão.

Oferecemos:
Trama complexa
Enredo Vigoroso
Episódios Completos
Sem finais incertos.
Suspense Garantido
Vaga no elenco
Direito autoral
e Roteiro original!

Cosme Velho, 10 de outubro de 2006

SIBILA

Sonho subverter com suavidade
A solenidade da sua saia.
Saçaricar sob a superfície
A sinuosa silhueta soberana.

Sussurrar um soneto em segredo,
Sopro sonoro, sideral.
Sentir suar, suculenta, a sarracena
Cedendo, o sumo da seiva ao centauro.

A sensualidade cerca o cenário
Um sabor de sândalo circula
A saliva semeia, sorvendo o solo.

A Ceia Celestial é sagrada.
Ceres celebra a cerimônia.
Samsara, na sequência, sorri.

Cosme Velho, abril de 2003

Ronaldo Werneck

A poesia carioca aportou neste milênio para ganhar um público que nunca pensou (em conquistar). Iniciados e iniciantes, gentes nunca imaginadas. Ela chegou (para ficar) com a Ponte de Versos. *Ponte é arremesso. Diversos.*

Ronaldo Werneck é poeta e tem cinco livros publicados. Três deles pela Poemação Produções: *Selva Selvaggia* (1976), *Pomba Poema* (1977) e *minas em mim e o mar esse trem azul* (1999). E dois pela Ibis Libris: *Ronaldo Werneck revisita Selvaggia* (2005) e *Noite Americana / Doris Day by Night* (2006) e, em breve, lançará *Minerar Nu Branco*, aqui com dois poemas inéditos.

ASCÂNIO EM 4x3 (*)

E, dentro em nós, uma sombra infinitamente maior
Ascânio Lopes, "Serão do Menino Pobre"

ressurge ascânio estranho e triste
suspiro, sombras de um serão
antigo-atávico: de antanho

vinte e três verdes vôos vãos
o sol em volta, solidário
sobrado só, sol de subúrbio

pálido sol, quatorzevoltas
que em si assomam, sanatório
sereno — sol sombrio e seco

som que ressoa triste-estranho
escarro-toss-toss-escansão
ascaniascaniascaniascânio

(*) ASCÂNIO LOPES QUATORZEVOLTAS voltou pela última vez a Cataguases aos 23 anos, para morrer no dia 10/01/1929. Vinha de uma temporada de tosse e sangue no inferno (Dante-Rimbaud) de um sanatório de subúrbio em Belo Horizonte, onde fora estudar Direito e acabou tuberculoso. Rosário Fusco dizia que a maior virtude do poeta era a sinceridade: "Sinceridade, coitadinho, até no sofrimento". Também Oswaldo Abritta, outro de seus companheiros na aventura da *Revista Verde*, ressaltava a 'sinceridade de sua arte', acentuando ainda sua extrema serenidade. Em artigo para o *Cataguases*, de 3/02/1929, arriscava um epitáfio perfeito: "Aqui jaz o Poeta Ascânio Lopes e a sua serenidade". Suspiro, sombras, serão, sanatório, sol-sombrio: mais que meras aliterações, essas palavras tão sintomáticas no universo de Ascânio surgem aqui como a própria ossatura do meu poema – forma & fundo. Este *Ascânio em 4x3* surgiu/ressurgiu durante várias caminhadas pela areia de Copacabana após uma releitura de *Ascânio Lopes – Vida e Obra* (1967), ótima pesquisa de Delson Gonçalves Ferreira. Prática inaugurada pelo poeta Francisco Marcelo Cabral in *Inexílio*, este "poema-com-pé-de-página" vai assim para Ascânio Lopes, em homenagem aos 90 anos de seu nascimento (1906-1929). São quatro tercetos num clima mais para João Cabral que para Dante, mesmo porque octossílabos e sem a *terza rima*. Em *Confissões de Minas,* Carlos Drummond de Andrade registrava a perda de Ascânio e a amizade entre os dois poetas nos tempos de Belo Horizonte: "...Discreto até o fim, Ascânio Lopes foi morrer em Cataguases... distante, mas realmente bem perto de Ascânio, eu fui dos seus amigos mais certos... A Rua da Bahia não conheceu bem Ascânio Lopes, que passou por ela como um automóvel. Há os que sobem e há os que descem a outrora famosa via pública. Os que sobem gloriosos e aplaudidos e os que descem obscuros e silenciosos. O auto de Ascânio desceu com o farol apagado, sem buzinar, e desceu para sempre". (RW/Rio, 1996).

A VOZ(*)

Quem, se eu gritasse,
em meio à legião de anjos,
me ouviria?
Rainer Maria Rilke

noite e dia
na fina cama sem fim
16 horas dormia
o mar em frente
franja de azul que ele não via

sobre seus lençóis brancos
de dólares e tormentos
dois mil e quinhentos cada
dia trocados cada noitedia

o mar em frente
mas não mais o percebia
não mais *my way*
o mundo não mais
era do seu jeito
jamais seria

frank apagava
e enquanto dormia
mamãe gritava
mas mamãe a voz
não mais ouvia

nem podia
nas profundas também sumia
a velha dama vagabunda
e estranha na noite que era dia

a voz por mamãe clamava
papai também por mamãe
gritava na cama simples
enquanto morria e se agarrava

a velhos lençóis molhados
vozes frias ao vento berradas
dia e noite em desalento
noite e dia frank apagava
papai morria
vovó não ouvia

(*) Em seus últimos meses de vida, Frank Sinatra dormia 16 horas por dia sobre lençóis italianos de US$ 2,500, trocados e estendidos a cada manhã na imensa cama de sua mansão, cujas janelas se abriam para o mar da Califórnia. Delirava o tempo todo, gritando pela mãe, morta em 1977. Frank morreu em 14/05/1998.

Rosália Milsztajn

Eu ansiava para que a segunda-feira chegasse para poder encontrar meus pares. Cada poema composto por mim era dito nas noites da Ponte de Versos *que significava e reiterava meu lugar de poeta e a poesia em seu status de poema.*

Carioca, poeta, psicanalista. Publicou *No azul* (Imago, 1991), *Itgadal – Memória dos ausentes* (Diadorim, 1996), *Luminosidades* (7Letras, 1999), *Aqui dentro de mim* (Aeroplano, 2003). Este livro mereceu resenha no caderno *Idéias* do JB, em janeiro de 2004. Participou de várias antologias e está publicada em diversos sites na internet. Recebeu o Prêmio SESC de Poesia de 1999. Idealizou o evento *Saber de Verso* na mesma Livraria Ponte de Tábuas, no Jardim Botânico.

LISTRAS

Quem nasceu no subúrbio
sempre sentirá o subúrbio
tudo é subúrbio
ou um vir a ser subúrbio

No êxodo o suburbano caminha
na sua infinita metamorfose
além das retas do pijama azul de listras
além da inércia da calçada morna

Quem nasceu no subúrbio
tem passaporte para o mundo e para as estrelas

Por saber que somos todos meninos e meninas
e que o cheiro do mundo
tem cheiro de goiabeira

Por saber que as guerras passam
como as rixas num jogo de bola de gude

Nas ruas o tempo passa
no seu próprio tempo de morrer
às vezes mais rápido
às vezes mais devagar
enquanto late um cão
como o choro de um parente

O dia é um trem que desliza
para trás para frente
estanca
corre em voltas
na ciranda cirandinha

Quem nasceu no subúrbio
sabe que a infância não termina
e o subúrbio é uivo de alegria dentro do peito

e que atrás de um muro sombrio
tem sempre um amor à espreita

Quem nasceu no subúrbio
tem um sonho
traz o frescor do futuro
além do pequeno horizonte
de nosso mundo aquém

INSTANTÂNEO

Não entendo dos tempos que me passam e
os que se desviam
dos edifícios e das calçadas intactas
da rua onde morei há trinta anos
as janelas as mesmas portarias
as fotos que bati com meus olhos
que hoje revelo na memória:
está ali eu
que não sou mais essa
passeando com um carrinho de bebê
sorrio o sorriso do meu filho que olha a
brincadeira do vento com as folhas
pisco os olhos
sinto saudades
assim é o tempo
esse piscar de olhos

TRANSGRESSÃO

Teu microondas na sala
transgride meus espaços
e não sei se em cima ou embaixo da mesa
ou ainda no caixote de alfaces no tanque
penduro meu coração selvagem e abstrato
Nem sei mesmo se na rede acima
da tua cama de casal onde dormes sozinho
acho um cantinho no varal da tua boca

para secar as calcinhas
que deixei enxaguando por tantos anos

Ou ainda se me recolho no *hall* da portaria
e sigo para a lavanderia
lavar meus pecados

ASAS

Eu era a menina que voava
Quero brincar contigo
menina que voava

Rasante à areia da praia
num longo vôo aos céus
junto às borboletas
no esconde-esconde entre as nuvens

Quero pular bem rápido
nas pedras encantadas
pisar entre os cristais reluzentes
compor uma melodia de luz

Piruetar até cair ao chão de paixão
ralar os joelhos até sangrar a alegria
desprender tanta energia à minha volta
correr no bosque verde
atrás dos passarinhos
depois ver a lua de cetim

Com os poros
livres e purificados
agradecer sempre que sobrar tempo
o dom da plenitude e da felicidade
e no final ficar serena
com cara de paraíso

Rui Galanternick

A Ponte de Versos *tornou-se uma das referências mais importantes no cenário poético carioca. Seus coordenadores merecem a gratidão de todos nós, na medida que o trabalho abriu importantes espaços para a poesia e poetas. Parabéns, Ponte de Versos!*

Nascido em Porto Alegre, em 1941, formou-se em medicina pela UFRGS. Em 1968, transferiu-se para o Rio, onde exerce, até hoje, a profissão, como psiquiatra e psicoterapeuta analítico. Escreve poesia há 40 anos. Publicou poemas em jornais, revistas e antologias: *Ponte de Versos: 4 anos* (2003), *Poesia nos Arcos* (2006), *2.555 dias de Poesia* (2006), *Revista Literária Plural*, (2006). Escreveu numerosas crônicas para o jornal *O Correio*, nos primeiros anos do segundo milênio.

COPACABANA

Não há mais nada para escrever nesta noite
em que até as prostitutas e os michês bocejam,
pois não há mais nada a esperar.
Não há mais ninguém, nesta noite,
a não ser as putas e os putos, a não dormirem,
mesmo quando não resta mais nada.

Só as calçadas gemem sob os passos
dos cães de raça que vêm saudar o sol,
pelas mãos dos donos.
E não há mais nada a perder ou ganhar nesta noite
que boceja, a caminho do fim.

É Copacabana, minha santa,
minha mansa irmã, meu pedaço de vida,
onde a morte não tem funeral,
mas revoada de pássaros
a espalhar cinzas,
as tuas, as minhas,
como assim vai ser um dia.

Rio, 20/02/2005

ESMERALDA

Doces veredas,
sol da minha infância,
Esmeralda vem sonhar
nas portas da solidão.

Meus brinquedos:
terra, lodo e vermes,
debaixo da laje,
no quintal, em meio
aos pés-de-feijão em broto.

É preciso sonhar escondido.
É preciso brincar escondido.
É preciso ser criança escondido,
fugir aos gritos e aos castigos,
à água e ao sabão.

E é preciso, então,
esconder para sempre
a criança...

21/01/2004

ENTROPIA

automatização

lucro
lucro
lixo

produtividade

lucro
lucro
lixo

lucro

ordem
ordem e progresso
ordem e produtividade
ordem global
produtividade monumental
robotização total
lucro colossal

ao final desemprego
  desemprego e lixo
lixo imoral
prolixo lixo mortal
no ar que respiro!

30/04/2006

Selma Gaertner

O movimento poético Ponte de Versos *é de suma importância, pois dá vez e voz aos novos poetas, onde encontram um espaço generoso para expor seus trabalhos.*

Selma Gaertner é gaúcha, e reside no Rio de Janeiro há muitos anos. Sempre esteve ligada à Arte: desenho, aquarela, escultura, contos, mas é na poesia que hoje encontra guarida. Lançou em 2007 o seu livro de poemas: *Do lado de dentro.*

ERÓGENO

Bela, nunca fui,
nem de inspiração erótica.
Contida nos meus desejos
esperava ávida de carinhos o amor
que viesse no cavalo alado da fantasia
ou em sonhos *à la* Hollywood.
Um dia, em longa espera, te encontrei.

Mas o tempo me desenhou marcas profundas,
os anos resculpiram minha face,
deixaram meus olhos baços
e a boca sem o brilho da romã.
Meus seios perderam a textura da maçã,
sob a fôrma, estão lassos.
Meus lábios não sabem a umidade do pudim
e a pele não é mais aveludada e lisa
como um vestido de cetim.
Minhas mãos, marcadas pela ferrugem do tempo,
possuem manchas escuras.
Minhas coxas perderam as formas macias
e as curvas das carnes consistentes.
Sob o comando de tuas mãos penetrantes,
meu sexo já não explode
sob o calor do teu toque fálico.
Só no teu abraço ainda encontro conforto.
Nele me enlaço no humano calor que afasta a morte.
Assim mesmo ainda me queres?

CAMPESTRE

Na tarde poente,
sobre duras patas,
cavalos, crinas ao vento,
em forma de adeus,
cavalgam soltos.
Na manhã, rastros de luz
nas frestas do tambo,
maternais mugidos
nos beiços do gado.
O pasto macerado,
bosta fresca na serragem,
úberes, leite derramado.
Pachorrentas vacas ruminam seu destino.
Nós, indiferentes ao cálido olhar bovino,
aguardamos o café da manhã.

MOINHOS DOS VENTOS

No vento do tempo

na moenda do tempo
os ventos carregam
dores e lamentos

gemendo dentro do vento
a noite espalha angústias
nos corredores do mundo

nas planícies nas coxilhas
os uivos dos vendavais
giram como foices

os moinhos dos ventos
atravessam a noite
com lamentos e açoites

Selma Wandersman

A Ponte de Versos *realmente serviu de ligação para que eu conhecesse outros eventos do atual movimento poético, me levando a APPERJ e a fazer parte da coordenação do Sarau João do Rio. Só não participaria dele se esta* Ponte *se partisse.*

Foi coordenadora do Sarau João do Rio de janeiro de 2001 a maio de 2002. Participou das antologias *Universo Poético* (I a IV, Associarte, 1988-1993), *Mulher* (ZMF, 1997), *Agenda Literária 2001, Perfil 2002, Revista Literária Plural no. 1/2004* e *Poesia nos Arcos – Em cinco atos – 2006* (Oficina Editores), *1095 e 1825 Dias de Poesia* (Poesia Simplesmente) e *Ponte de Versos: 4 anos – Uma antologia carioca* (Ibis Libris, 2003).

COMIGO NINGUÉM PODE

Maria-sem-vergonha
Espada-de-São-Jorge
Samambaia-chorona
Comigo-ninguém-pode

Passo galho de arruda
Guardo trevo pra dar sorte
Enxoto urucubaca graúda
Espanto de mau-olhado à morte

Evito erva-daninha e urtiga
E mesmo assim tento ser forte
É muita inveja e intriga
E sofrimento que dói como corte

Às vezes, enfurecida,
A paciência explode,
Mas retomo as rédeas da vida,
Pois comigo ninguém pode.

28/10/2005

ENTRE MIM E EU

Entre mim e eu
Muita coisa aconteceu

Entre mim e eu
Sei que algo se perdeu

Entre mim e eu
Há uma sombra de você
Criando um enorme vazio
Com o qual não sei viver.

18/10/2006

EM EXTINÇÃO

Como os dinossauros,
Quem sabe, talvez, os mamutes,
O mico-leão, o lobo-guará, ou a arara-azul,
Estamos em extinção.

Progresso? Efeito estufa?
Buraco na camada de ozônio?
Qual o nome do processo?
Por que tamanho pandemônio?

O Homem só vai acabar no final dos tempos
E isto está longe de acontecer
Mesmo que a tecnologia altere o clima
E a natureza se vingue.
Ih, tem tempo para isso ocorrer...

Posso nascer, morrer, reencarnar
Quantas vezes quiser,
O quanto for necessário viver,
Seja planta, pedra, bicho, homem, mulher,
Que para o mundo humano acabar
Isso ainda vai demorar...

Mas o tempo é uma coisa relativa
O que demora para nós
Pode ser uma hora ou minuto na eternidade.

E se a gente não percebe que está chegando a hora
Acabamos a qualquer momento, sem demora.
E aí, babau Humanidade.

3/12/2006

Silvia Bagrichevsky

O evento da Ponte de Versos *foi extremamente importante, dando início ao seu trabalho poético.*

Natural do Rio de Janeiro, Silvia Bagrichevsky cursou Letras e Jornalismo na PUC. Amante do silêncio, inspira-se na vida cotidiana, no perfil do ser humano, suas virtudes, defeitos e paixões. Publicou, em 2002, seu primeiro livro de poemas *Olhares*, pela Ibis Libris.

OBSESSÃO

O amor não deixa marcas.
Somos nós que enveredamos pelas mesmas pegadas.

CALO

Quantos diálogos o sorriso encobre.
Palavra é, às vezes, como revólver.

DEPOIS

Pena que não sobrou céu...
O breu vem sempre
após o *champagne*.
Se, só um pouco de água doce,
talvez o dia seguinte fosse.

SOSLAIO

Gosto de "soslaio",
olhar de trejeito,
torcido em diagonal,
como um grande amor carnal,
descontínuo esgarçante
num soslaio
num sol
num raio
tempestade.
Nessa eu não caio.

SINAIS

Teu corpo pesado,
ombros caídos,
assim andavas.
Eu, em meu passo,
sob teus olhos desviados,
mudaste o rumo,
sem prumo,
cedeste ao teu poente,
seguiste em teu guindaste,
teu lúgubre passo,
controle carrasco.
Habituado ao hábito,
pernas trêmulas,
arame farpado,
te encolheste,
envergaste,
em teu cansaço abraçado,
como as tartarugas,
a cabeça sob o casco.

Silvia Jacintho

A Ponte de Versos *é uma iniciativa que, além de oferecer o texto para o público-leitor, enobrece a literatura, e valoriza o autor. É um espaço da criação, a casa do espírito, onde convivem irmãos em afinidade. Parabéns pela luta e o sucesso!*

Jornalista, escritora, poeta. Natural de Barretos, S.P. Estreou na Literatura com *Lavoura de Infinito,* 1990. Em seguida publicou *Helênica*, Prêmio Jorge de Lima, 1992, UBE-RJ; *Brasiliana*, Prêmio de Melhor Poesia, 1994, APCA; *Chama,* Menção Honrosa, Academia Feminina de Letras, MG, 2004, Livro da Intuição, 2001, *Dança do Fogo*, Prêmio de Poesia Ligia Moura Rasi, 2005, UBE-RJ. Abriga em sua residência a reunião de escritores *Amigos do Sabadoyle*.

A MUSA

Quando entrei na ilha
eu estática diante do branco mais alvo
diante das ruínas
percorri todo o espaço que me cabia
aos olhos coube o espanto
diante de tanta beleza que não conhecia
ia tocando as coisas como apalpo
a natureza humana
as mãos tateavam o friso o capitel
meu corpo grudava ao corpo das cariátides
e tudo ia tocando em mim como uma música.
Eu não sabia
mas quem me embalava era a musa
transparente a figura eterna a poesia.

XXXV

Era visceral e por isso jorrava
do instinto para fora
o profundo desejo rompia
lacerando-me à carne viva,
combatê-lo, lutar, eu não podia
então transpirei na poesia
a essência que o corpo derrama
um aroma bruto, volumoso
a –tinta– com que escrevo.

ELEMENTO DO CAOS

Nasci, mas não da vértebra
de um homem e não saí
borbulhante da cabeça de Zeus.
Nada foi assim: no distante
Início comecei o vir-a-ser-eu
uma fagulha que atritava
e no si mesma construía
– a consciência.

Silvio Ribeiro de Castro

No começo, a Ponte de Versos, *o* Terça ConVerso no Café, *e tantos outros saraus que já existiam ou surgiram em grande número, pareciam apenas um modismo, mas sua permanência ao longo da última década provou que vieram para ficar.*

Integra o Grupo *Poesia Simplesmente*, que, em 2007, completou dez anos de existência. Em 2002, Silvio Ribeiro de Castro publicou *Memórias, confissões e outras mentiras* e, em 2005, *Quando o amor acaba*, ambos pela Ibis Libris. Sempre escreveu seus poemas a lápis, mas finalmente sucumbiu ao avanço inexorável da tecnologia moderna e começou a usar uma máquina de escrever Olivetti ET Personal 55 elétrica. Hoje até usa e-mail.

VIDA PROVISÓRIA
(título provisório)

Ávidos beijos, ásperas bocas,
falsos amores, famélica solidão.
Lúbricos desejos, a vida louca,
nuvens sombrias a tecer a escuridão.
A noite se acende, o dia estanca,
vielas do porto, comércio de sexo.
Um marinheiro espanca
a moça no cais.
Nas águas imundas, em meio aos reflexos,
boiando um corpo:
manchetes de sangue nos jornais.
O vento espalha folhas de papel,
a madrugada já espreita
nas fímbrias do horizonte,
a estrela ainda reluz
no palco do bordel.
Olhar desfocado, grafites nos muros,
decadentes sobrados, vidas sem futuro,
becos sem saída: encurralado.
Turvo sangue, tontos sonhos, tanto sono...
Como escapar das balas perdidas?
Sou alvo fácil para os desenganos.

O LADRÃO

Aldravas, ferrolhos, trancas, cadeados...
Inexpugnável prisão.
Mas o amor chega sorrateiro,
penetra pelas frestas
e rouba seu coração.

DESCASCANDO CEBOLAS

Para evitar as lágrimas
enquanto se descasca cebolas,
recomenda-se prender
um pedaço de pão entre os dentes,
ou descascá-las debaixo
de água corrente.
Outra dica interessante
é colocar um palito de fósforo
apagado na boca.
O enxofre se encarregará
dos vapores.
Já para evitar as lágrimas
de amor,
infelizmente,
não há nenhuma receita.

NO MEIO DA NOITE

Se no meio da noite
alguém bater à sua porta,
que horror!
É muito perigosa esta cidade.
Meu filho, não abra!
A não ser que seja o amor
ou a felicidade.

O VASO

O vaso chinês no chão espatifado
é apenas um vaso chinês espatifado.
Não tem nenhum outro significado.
A minha vida no chão espatifada
é apenas uma vida espatifada,
que rolou do alto da escada.
Tudo no mundo é obra do acaso,
com uma diferença no presente caso:
não dá pra consertar a vida
como se cola um vaso.

MULHER, TIPO INÍCIO DO SÉCULO XXI

Adoro seu olhos verde-azulados (Lentes de contato Poplens, número de catálogo VC-1012), seus cabelos dourados (Tintura Light Blond, sem amônia), seus lábios sensuais (Botox Fleshy Lips, 15%), seus seios exuberantes (Silicone Big Mama, tamanho 15 x 25), suas pernas sem celulite (Lipoaspiração progressiva Fatfree Laser), seu corpinho de modelo (SPA Comer pra quê?, Pirapira, RJ)... Mas quer saber? Gostava mais de você como era antes.

Tavinho Paes

A Ponte de Versos *é a oficina literária mais eficiente da cidade, com um formato interativo e uma seleção de poetas que não pára de crescer e que, através da oficina, acaba publicando seus primeiros poemas, o que dá ao evento sua melhor carta de apresentação sócio-cultural.*

Tem mais de 200 registros musicais, como *Totalmente Demais* (Caetano Veloso), *Linda Demais* (Roupa Nova) e *Rádio Blá* (Lobão). Possui mais de 100 títulos lançados como panfletos marginais desde 1975. Lançou seu primeiro livro, *Os Momossexuais* em 2007. Edita as webpage *poemashow.com.br* e *tavinhopaes.com.br* desde 2002. Produz com Bruno Cattoni o *Festival Poesia Voa*, no Circo Voador.

O POEMA-SAMBA

...o samba...
é o melhor amigo da rapaziada
uma bola de pé em pé
numa baba
numa pelada
e lá na mesa da sinuca
ele é a bola da vez
...e mesmo
que a tal da malandragem
tenha se acabado
ele vai em frente
dando seu recado
sem perder o rebolado
botando o galho dentro
como sempre fez...

se hoje
ele é chamado de pagode
sambalanço
samba de roda
não interessa: o samba tá na moda
o samba é nota dez
porque é ele: esse bom brasileiro
que dando tapa na cara do pandeiro
entende a nossa gente
da cabeça aos pés

...o samba...
é a família de Carlos Cachaça
bebe caipirinha e cheio de graça
quando fica muito doido
só pensa em mulher
se encanta
e tira da Cartola uma serenata
com rosas que exalam cheiro de mulata
fazendo poesia como "Baudelaire"

...é negro
e conta sua história sem segredo
se tem branco no meio
não tem preconceito
pode ser protestante, judeu, muçulmano
pode vir de qualquer candomblé
porque ele traz na sua memória
o que há de melhor na nossa história
e só ele sabe como essa história é

...o samba...
já foi proibido no terreiro
coisa de pobre e de macumbeiro
mas nunca deixou de ser o que ele é
teve que ser valente
e enfrentar na raça a gula do estrangeiro
com aquela garra e aquela gana do guerreiro
que sabe conquistar tudo o que quer

se hoje, freqüenta casa de bacana
se tirou o pé da lama e ganhou grana
é porque impôs uma tradição
porque é ele que todo ano na avenida
batucando toda vida
levanta a arquibancada
e faz a alegria do povão

...o samba...
sempre foi coisa de multidão
por isso está lá no Maracanã e lá na Seleção
é Galo, é Bahia, é Curingão, Mengão...
na verdade, ele é a cara do Brasil
com a bola no pé
...e é muito lindo
vê-lo no gramado dando show no gringo
dando ao menino pobre a chance de ser rico
tirando da galera um grito de "olé!"

olha que isso não é brincadeira
essa pátria aqui, quando veste chuteira
é Zico, é Didi, é Romário,
Ronaldo, Ronaldinho...
é tudo mané!

...e o samba...
que sempre foi muito bom de bola
observando o drible de Garrincha
...aquele de correr no ponto futuro
e deixar parada a bola
inventou a tal da bossa-nova
e deu pra Tom Jobim
um passe de Pelé

por isso, minha gente
pode sambar contente
mesmo que não seja carnaval
o samba é muito fácil de ser encontrado
igual ao futebol
está logo ali
no fundo do nosso quintal

dizem que ele nasceu na Bahia
(ninguém sabe, ninguém viu)
...mas, o certo é que...
pelas mãos de uma baiana dengosa
no Rio de Janeiro
começou a inventar
o que a gente passou a chamar de
...BRASIL!

publicado no booklet *Sísifus & suas Rolling Stones* (1995),
musicado e recomposto com Moraes Moreira
para o CD *500 Sambas* (2000)

Thereza Christina Rocque da Motta

PONTE DE VERSOS *foi semeadura de poesia, no coração do Rio. Por ela todos os outros caminhos se tornaram possíveis.*

Thereza Christina Rocque da Motta nasceu em São Paulo em 1957. É poeta, editora e tradutora. Publicou *Joio & trigo* (1982), *Areal* (1995), *Sabbath* (1998), *Alba* (2001), *Chiaroscuro* (2002), *Lilacs/Lilases* (2003), *Rios* (2003) e *Marco Polo e a Princesa Azul* (2008). Traduziu entre outros textos, poemas de Edgar Allan Poe, Charles Dickens, Oscar Wilde, W. B. Yeats, John Keats, Percy Shelley, Lord Byron, John Donne, Anne Morrow Lindbergh e Shakespeare (*44 Sonetos Escolhidos*, 2007). Fundou a Ibis Libris em 2000.

ÁUGURE

Enfim Narciso vence as águas
celebrada imagem de sua candura

lírio exposto à superfície
semblante natural a fitar os dias

olhar manso e diurno
cenho frágil e casto

fluidez de seu tempo áugure:

pudesses devolver o alento
que sobre teu rosto
suspira.

21/03/2007

FADO

Renascer, esta qualidade de cada manhã,
repõe a vida onde ela está.

Tu, estendido sobre a cama dos dias,
te ergues, novamente, à espera.

O mais é desvida,
teu olhar para o que está à tua volta.

Sei que cumpres teu destino,
que a nenhum outro foi dado.

Este, o fado da poesia:
havê-la enquanto se vive.

31/03/2007

BELOS DIAS

Belos,
os dias não passam.

Ficam estáticos à sombra
de outro sol que não se põe.

Vemos sempre a aurora
sobre o caos de agora.

Erguemos os frondosos braços
para acolher os pomos

e atear fogo aos silêncios.

1/04/2007

FIDELIDADE

És permanente em teu gesto,
teu lavrar de ouro,
a justa medida de tua fala.

Homem de símbolos,
tua palavra não basta.
Ergue-se em teus atos
o alabastro de todas as torres
imaginadas.

Cimo de minha ventura,
edificas-te além de toda imaginação.

Fiel a ti mesmo e a mim.

15/04/2007

AS ROSAS

D'après Rilke

1.

São as rosas que me ferem,
coroa de flores, guirlanda,
urdido ninho em que me postas,
braços cruzados sobre o peito.
São rosas claras, com pétalas vagas,
sombreadas.
Pétalas pousadas sobre a água,
onde umedeces teus dedos.

2.

Teus ombros arcam-se antigos
sobre um horizonte imaginado,
líquido, invisível,
contorno de árvores adivinhadas,
trama de galhos a conter as flores.
Nós, que viemos, teremos os lugares
como sinais de que existimos antes.

2/09/2007

Acabou-se de imprimir
em 30 de novembro de 2008,
na cidade do Rio de Janeiro,
nas oficinas da Morada do Livro,
especialmente para *Ibis Libris*.
O texto foi composto em Adobe Garamond Pro.
O papel usado para o miolo
foi o Ofsete 75g/m2
e o da capa, Cartão Supremo 250g/m2.